文春文庫

花ホテル

平岩弓枝

文藝春秋

目次

単行本　一九八三年四月　新潮社
一次文庫　一九八六年三月　新潮文庫
DTP制作　エヴリ・シンク

花ホテル

女主人

一

ミラノを早朝に出て、ジェノバで早い昼食をとった。

ジェノバからは海岸沿いのドライブで、男一人のことだから、佐々木三樹は、かなりスピードを上げた。

この季節にしては天気のいいほうだが、なるべく明るい中《うち》に、目的地へ着きたかった。

なにしろ、就職先を求めての旅である。

地中海はよく晴れていた。

コルシカ島通いのフェリーが蒼《あお》い海を悠々と走っている。

クリスマス休暇にはまだ早いが、イタリヤの海岸沿いの町には暮の慌しさもなかった。

日だまりに人が集って、のんびりとビノを飲んでいる前を慌しく車で走って行くのは、我ながら滑稽《こっけい》な気がする。

いささか働きすぎて、働くのに嫌気がさしていないこともない。

といって、働かないことには生活が出来なかった。

十五年目で退職した会社から受け取った金は、離婚の後始末で二、三回、ヨーロッパと東京を往復しただけで、あらかたが消えてしまった。

なんとか今年の中に、アルバイトでなく、まともな就職をして、新しい年を迎えたかった。

日本へ帰る気持は今のところない。

モンテカルロを三時前に通過した。いつ来ても坂の多い、せま苦しい町という印象であった。

海へ向ってそそり立つカジノの偉容が昼間は、なんとも時代錯誤の建築にみえる。

ここから八キロでエズの町であった。

コートダジュールの海岸では、クラシックな小さな町であった。南フランスへ来る度にお伽話《とぎばなし》のような愛くるしい町を好ましく眺めたことはあったが、まさか、自分がそこへ職を求めて訪ねて行くことになろうとは、想像もしなかった。

だが、友人から話をきいた時、心が動いたのは、その職場がエズの町にあったためである。

風光明媚《めいび》な土地であった。

といって、ニースやカンヌのように巨大なホテルが立ち並ぶ観光地でもない。

春先にはミストラルが吹き荒れるが、気温は穏やかで暮しやすそうであった。

働き蜂《ばち》のような今までの生活の垢《あか》を落すにも、心の安らぎを求めるためにも、海を眺めて過せるのは有難い気がした。

もっとも、オーナーが果して彼をやとってくれるかどうか確信はなかった。

「電話でよく説明しておいたから間違いはないよ。先方も喜んでいた」

と、彼を紹介してくれた浜口啓太郎はいったが、あまりあてには出来なかった。根はいい奴だが、おっちょこちょいで早のみこみのところがある。彼とは大学時代からの友人であった。

最初は輸入布地の会社につとめていて、もっぱらミラノへ買いつけに来ていたのだが、ミラノの生地《きじ》会社からスカウトされて、今はイタリヤのシルクを日本へ輸出する仕事をしている。

「買うほうから売るほうへ変っただけで、扱ってるものは同じだから、なんてことはないんだよ」

などと自分の転職を友人に話すくらいだから、万事におおまかで荒っぽいところがある。

もっとも、佐々木は彼のそういうところが性に合っていた。

どちらかというと完全主義の佐々木には、彼のような友人のほうが、気がおけなくていいようであった。

エズの町へ入って、佐々木は一度だけ、道を訊《たず》ねた。

元ロシヤの貴族の別荘で、最近、ホテルになる予定の、といっただけで、相手はすぐにうなずいた。

「この先ですよ。そこをずっと岬《みさき》のほうへ行って……」

車は、松やユーカリの木蔭《こかげ》を少し走った。

岬の先端は、ごつごつした岩山で、その周囲は高級別荘が点在している。

佐々木が車を停めたのは、岬の最先端であった。

門があって、ジグザグの道を下って行くと、ビラ風の建物がある。

建物の前で、若い女が電気工事人らしい男と陽気にお喋《しゃべ》りをしている。

「マダム朝比奈《あさひな》にお目にかかりたいのですが。ミラノから来た佐々木という者です」

若い女がイタリヤ語で喋っていたのを耳にして、佐々木は、同じくイタリヤ語を使った。

浜口啓太郎の紹介状に自分の名刺を添えて差し出すと、若い女はそれを受け取って奥へ入って行った。

白い建物は洒落《しゃ》れていた。

メインのビラを中心に、海のほうにもう一つ。山側にある建物は従業員の住宅のようであった。

靴音を立てて若い女が戻って来た。

「こちらへ、どうぞ」

玄関を入ると広いロビイがあった。そこを通り抜けると個室が二つばかりあって、若い女は、一番奥のドアを軽くノックしている。

内側から女の返事があった。

「ジュリアーナ?」

「はい。お客様をお連れしました」

「お開けなさい。そしてこちらに……」

明るい居間であった。

どっしりした重役机を前にして、女主人は入って来た佐々木を迎えた。

「そちらへおかけになって……コーヒーを召しあがる」

相手が英語だったので、佐々木も英語で答えた。

「有難う、頂きます」

ジュリアーナと呼ばれた若い女が心得顔で下って行った。

女主人は机の前から、佐々木のかけているソファのところへ来て、向い合いに腰を下した。

仕立てのいいグレンチェックのスカートとさりげない黒のセーターに、細い金の鎖を腕に幾重にも巻いている。

「はじめまして、朝比奈杏子《きょうこ》です」

日本語であった。

「あなたが、ミラノの浜口さんの御紹介の佐々木さん……」

「そうです、佐々木です」

相手の表情にかすかな困惑が浮んだのを、佐々木はみてとった。いやな予感がした。ここでの就職は難かしいかも知れないと思う。

「商社におつとめでしたのね」

浜口の紹介状に目を落した。

「浜口さんのお話ですと、経理に明るくて、広報や営業のお仕事もなさった経験がおありとか……」

佐々木は苦笑した。

「僕が、ヨーロッパへ派遣された頃、会社は今ほど手が広がっていませんでした。支社もジュッセルドルフのビルに部屋を借りている状態で、日本から来ているのは上役を含めて五、六人でした。ですから、一人でなんでもやったわけです」

一週間の中にロンドンやパリをかけまわるのは日常茶飯事で、仕入れる品物によってはポルトガルや南アフリカまでも出張した。

いわゆるエコノミックアニマルと呼ばれても仕方のないような獅子《しし》奮迅《ふんじん》の働きをしている中に、彼のつとめている商社は、他《ほか》の日本の商社と同じく雪だるまのように大きくなった。

仕入れる品物が、航空機から鰻《うなぎ》の稚魚まで扱うと悪口をいわれる時代が来て、支社の数も急激に増え、外地駐在の社員の数も一度に多くなった。

「今はもう、そんなことはありませんが」

日本は一応の高度成長を遂げ、石油ショックから省エネ時代を迎えた。

佐々木がはじめてヨーロッパへ来た頃の狂気のような熱っぽい雰囲気は、もうない。

「どうして、今までの職場をおやめになりましたの。浜口さんは落度があっての退職ではないとおっしゃってましたけど……」

「直接の原因は離婚です」

悪びれずに、佐々木は答えた。

「今も申し上げたように、一人で三役も五役もこなすような状態で、出張が連日というスケジュールでは家庭がうまく行くわけがありません」

新婚早々の妻は、半年そこそこでノイローゼになって帰国してしまった。

「回復してからは、妻の好きなように、行ったり来たりの生活をさせておいたのですが、やはり、うまく行きませんで、別れました」

十年の結婚生活は泥沼のようなものであった。

妻の不貞事件が発覚した時も、佐々木は忍耐した。仕事に熱中するあまりの家庭放棄が原因と割り切って、一度は上司に願い出て本社へ転勤させてもらった。

一昨年のことである。

だが、帰国しても夫婦生活は円滑に行かなかった。外国では、給料の他に特別手当がついて、かなり贅沢《ぜいたく》な暮しに馴れていた妻は、東京の郊外の小さな社宅に不満であった。ヨーロッパで乗り廻していた外車も、日本では必要がなく、維持費が馬鹿にならないので売ってしまった。夫婦でパーティに招待されることも、まずない。

そんな些細《ささい》なことの一つ一つが、妻の欲求不満になり、夫婦の亀裂になった。

帰国一年で、佐々木は再び、ミラノへ単身赴任した。たまたま、ミラノに支社が出来て、その助《すけ》っ人《と》としてだったが、彼にとっては家庭からの逃避であった。それが、離婚を決定的なものにした。

皮肉なことに、離婚が片づいた頃、ミラノにおける佐々木の役目も一応、終っていた。

しかし、佐々木は本社の帰国命令に従わなかった。

ひたすら働き続けた十五年をしらけた気持で眺めるようになっては、もうその職場に留《とど》まれるものではない。

「典型的なエコノミックアニマルの喜劇だと御理解頂ければ結構です」

さばさばと佐々木はいった。

「喜劇だとおっしゃるの」

「悲劇というには、あまりにお粗末ですから」

ジュリアーナが入って来て、コーヒーを二つ、テーブルへおいて去った。ちらちらと佐々木を観察して行くことは忘れない。

「私も離婚しましたの」

女主人が低くいった。

「私の主人のこと、浜口さんからおききでしょう」

「はあ、ほんのざっとですが……」

バイヤーをしている男で、アンジェロというユダヤ系の金持だということであった。浜口は、アンジェロとかなり親しくしていて、それで、佐々木にこの就職先を紹介してよこした。

「いいのか、別れた女房が経営するホテルに、人間を紹介して……」

アンジェロに知れてまずくないかという佐々木に浜口は笑っていた。

「離婚の原因はアンジェロの性こりもない浮気なんだ。アンジェロは女房をまだ愛していて、力になってやってくれと頼んでいる」

別れた妻は、南フランスのエズにビラ風の小さなホテルを経営しようとしていた。

「マネージャーというか、要するに彼女の片腕になって働く人間が必要なんだ」

小さなホテルだから、当分はなんでもしなければならないだろうと浜口は説明した。

経理もみなければならないし、フロントに立って、客の送迎はもとより、客集めや宣伝にかけまわる必要もある。

面白そうだ、と佐々木は思った。

「大きな組織で働くのより、俺の性分に合っていそうだ」

ホテルで働いたことはないが、世界中のホテルを泊り歩いた経験が役立つかも知れなかった。

コートダジュールの小さな岬で、国際結婚に失敗した日本の女が、ホテルを経営するというのにも興味があったのだ。

「どうして、日本へお帰りにならないんですか」

自分からのプライベートな質問は避けなければと思っていながら、佐々木はつい訊ねた。

相手は微笑した。

「私、フランス国籍がございますの。最初の主人がフランス人で……歿《なくな》りましたけれども、籍はそのままですから……」

朝比奈杏子というのは、日本国籍の名で、フランス名では、

「杏子・パキエです」

二度目の夫のアンジェロのことについては触れなかった。

女主人が、意識的に彼の質問をはぐらかしたのを佐々木は意識した。

日本に関して、彼女は触れられたくないものを持っているのかも知れなかった。

「佐々木さんは五カ国語をお話になるんですってね」

気を変えるように、杏子がいった。

「英語とドイツ語とフランス語はかなり通用すると思います。イタリヤ語とスペイン語はまああまあという程度で……」

ところで、と佐々木は陣容を立て直した。

「僕を採用なさるお気持はおありなんですか」

いわば、面接だというのに、女主人はとりとめのない話しかしていない。

もっとも、さりげない会話の中で、彼女が佐々木のマネージャーとしての資質を探っているとすれば、話は別だが、どうも、そんな様子もないようであった。

彼女は眼を伏せた。

「申しわけありませんが、私が求めていた条件とは違って居りましたので……」

予感が当ったと思い、佐々木は急に忌々《いまいま》しくなった。

「条件というと、どういうことですか」

ミラノから一日がかりのドライブであった。

「浜口の話では、一応、僕はそちらの条件に合っているということでしたが……」

「申しわけありませんでした」

女主人が頭を下げた。

「私がそそっかしいんですわ。佐々木さんのお名前を、てっきり女性と思い込んでしまって……」

ささき・みき、と聞いて女名前と勘違いしたという。

佐々木はあっけにとられた。

「女性のマネージャーを求めていらしたんですか」

「私が女ですから、女のほうがよろしいと思って……」

「それだけの理由だったら、男でもかまわんのじゃありませんか」

浜口のおっちょこちょい奴《め》がと、佐々木は腹の中で友人を罵《ののし》った。

相手の求人が女だと、どうして最初に確かめなかったのか。

「こうなったら、売り込ませてもらいますが、僕は一応、そちらのおのぞみの資格は持っている筈《はず》です」

日本人で、少くとも三カ国語を話し、経理に明るく、ホテル経営に関心がある。

「フランスの労働許可証も持っていますし、信用して下されば、それだけの働きはするつもりです」

女主人は眉をひそめた。

「あなたが不適当というのではありませんわ、ただ、私としてはマネージャーは女性と決めていますので……」

「男では、何故《なぜ》、いかんのですか」

佐々木がねばり、女主人は困り切っていた。

「こんな小さな素人ホテルですし、うまく行くかどうかもわかりません。ちゃんとした資格をお持ちの男の方なら、もっといい就職口がおありでしょうし……」

「僕は、こちらの話が気に入って来たんですよ」

「マネージャーといっても、公私共に打ちあけてお願いしなければなりませんし、女の方のほうが……」

「女じゃ、あなたの片腕にはなりませんよ」

何故、こんなに食い下るのか、佐々木自身、不思議であった。

たかが、素人のホテルであった。一つ間違ったら彼女のいうように、はやばやと失職するかも知れない。

「とにかく、僕を使ってみてくれませんか、その上で、あなたがやはり不適当だと思ったら、即刻、くびにしてくれてかまいません。その時はいさぎよくミラノへひき上げましょう。採用テスト期間は無給で結構です」

朝比奈杏子が、下を向いて笑い出した。

「とにかく、今夜はお泊り下さい。浜口さんのお友達として、私のホテルをみて頂けませんか」

二

陽のある中にと、杏子がいって、ホテルの案内に立った。

メインのビラは四階建で上へ行く程、ピラミッド型に面積が狭くなっていた。

一階はロビイと庭に面したラウンジとダイニングルームが中心で、ロビイの裏の部分の二つの個室は、いずれホテルのオフィスに改造するつもりだという。その奥の二部屋続きが杏子のプライベートルームであった。

客室は三十五室で、どの部屋も海へ向ってテラスやバルコニイがついている。

佐々木が、まず感心したのは、一つ一つのゲストルームの調度品が実に趣味がよく、上等である点であった。

ドアの把手《とって》や、バスルームのシャワーなどにまで、こまかな神経が行き届いている。

三階には、パブリックスペースとしての大きなバルコニイがあって、そこから庭まで大理石のゆったりした階段がついている。

「この部分は、ロシヤの伯爵が、はじめてここに建てた別荘の、そのままですの」

庭は広かった。

イタリヤ風の池があり、その周囲は花壇になっている。

松林の中の小径《こみち》を歩いて行くと岬の突端に出た。

断崖《だんがい》にはローマ時代の城壁の跡があり、地中海の波が岩肌をけずっている。

その上の部分に、もう一つ、建物があった。

屋外プールと、日光浴のためのラウンジと、気のきいたバアがあった。

断崖の両側は絶好の釣り場であったし、東側には小さなプライベートビーチがあって、そこへ下りて行くゆるやかな道もある。

「リゾートホテルとしては、最高ですね」

改めて、佐々木は感嘆した。

モンテカルロに八キロ、ニースには十三キロであった。

泊り客は車がないと行動出来ないが、ホテルの中にすべての設備が整っていれば出歩く必要はない。

「料理に自信があったら、ホテルの料金を一泊二食付にすることですね」

採用されたわけでもないのに、佐々木は夢中になった。

「私もそのつもりですの。コックは自信たっぷりなんですけれど、まず、佐々木さんに召し上って頂かないと……」

日が暮れた。

オープン前のホテルは夜になると、広々しすぎて寂しいようである。

「ロシヤの貴族の別荘って、いったい、いつ頃に造ったんですか」

ダイニングルームの片隅で、杏子と向い合って食事をしながら、佐々木が訊ねた。

「一八〇〇年代の終り頃らしいんです」

ざっと九十年も昔のことで、持ち主はその後、何人も代ったが、この前の持ち主のアメリカ人が会員制のビラにしようとして大改装をした。

「私は、その段階で買いましたから、改築といっても、案外、楽でした」

それでも大層の金がかかっている。

「趣味ではじめたホテルみたいですね」

「とんでもない、私のこれからの人生すべてがかかっているんです」

浜口啓太郎が、モンテカルロのホテルの支配人を紹介してくれて、いろいろ智恵を貸してもらったという。

「私もスイスのホテルへ行って、半年ほど勉強して来ましたの」

それにしても素人の俄《にわ》か勉強だと、正直に不安そうな顔をする。

「日本でも、ここ一、二年、素人がペンションを経営するのが流行になっていましてね。まあ、ちょっとしたブームになっているようですよ」

紹介されたコックはボブ・フォルランといって、なかなか研究心旺盛《おうせい》な男であった。いわゆる職人気質で一徹なところがあるが、人柄のよさそうなフランス人である。

「ボブは、私の最初の主人の家で、ずっと奉公をしていたんです。主人の家は奉公人をおけるような経済状態ではなくなりましたので、主人の母がボブをパリのレストランに紹介しまして、コックとして修業をしなおしさせました」

一流のレストランで腕をみがいて、リヨンの「ピラミッド」で働いていたのだが、

「私が、この仕事をはじめるときいて、かけつけて来てくれましたの」

女房のビルギットというのも、家庭料理が自慢で、夫婦そろって、このホテルの台所の責任を持つという。

ボブのあとから挨拶に来た女房も、二十歳になるマークという息子も感じがよかった。

「恩義に感じて、というのは日本人の専門かと思ったら、フランス人もなかなか人情が厚いんですね」

「私は恵まれているんですわ。ジュリアーナも、アンジェロのところから暇をとって、私について来てくれましたの」

彼女は杏子が二番目の夫と離婚する前、その家で働いていた小間使だった。

食後は、もっぱら、このホテルの運営について杏子のプランをきいた。かなり研究しているようでも、そこは素人の女で、かなり計算に甘いところがある。

最初は聞き手だった佐々木が結局、主役になって、計算のやり直しをはじめた。浜口からこのホテルで働くことを持ちかけられてから、ホテル経営の専門書や、知人のホテルマンに訊《き》いたデーターが参考になった。

三十五室が満杯になるのは、コートダジュールが本格的なシーズンを迎える六月、七月、八月の三カ月とみて、あとはほとんど計算に入れないのが、こうした小さなリゾートホテルのやり方で、一年の総収入を三カ月間で稼ぐと考えれば間違いない。

真夜中までかかって、佐々木はホテル経営の指標になる数字をはじき出した。

その結果、佐々木が知ったのは、朝比奈杏子が女にしては珍らしく大胆不敵な金の使い方をしていることであった。

借入金はないかわりに、全財産を惜しみなく注ぎ込んでしまっている。もし失敗したら残りの金でというような用心はまるでないらしい。成程、彼女がいったように、これは背水の陣というべきであった。

提供された二階のゲストルームへ戻って、シャワーを浴びながら、佐々木の頭の中は、如何《いか》にしてこのホテルに客を誘致するかで一杯になっていた。

原則として団体客は入れたくないというのが杏子の方針であった。

とすると日本からの観光客は諦《あきら》めねばならなかった。

アメリカからの観光客も同様である。

もう一つ、ホテルの格を守るためには、一年目の客をえらばねばならなかった。一年目の客が上客であれば、彼らが口コミでふやしてくれる客も亦《また》、そんなに質が落ちない。

商社時代の佐々木の交際範囲は広かった。パリで親しくしていた芸術家やデザイナーの顔を思い浮べた。彼らの多くはパリの郊外や田舎に週末をすごすための別荘を持っているが、ここが気に入れば常連になってくれるかも知れなかった。

ロンドンの貴族や実業家の顔も浮んだ。イギリス人は南フランスが好きだから、最初の招待に成功すれば意外と口コミの効果が上る可能性があった。

もっとも期待されるのはヨーロッパ在住のアメリカ商社員たちのバカンス用としてであった。彼らは週末をすごす別荘を持っていないから、うまくするとシーズンオフにも利用しそうな気がする。

大急ぎで、このホテルのパンフレットを作ることであった。

パンフレットが出来上ったら、佐々木自身がそれを持って心当りを廻ろうと思う。ここぞと思うところには、オープンの日の一泊招待状を届ける。

バスルームを出るとパンフレットのデザインを考えはじめた。

このホテルを取り巻く風景と、瀟洒《しょうしゃ》な建物の外観と、贅沢で趣味のいい客室の写真を充分に生かさなければならなかった。

階下で鋭い女の叫び声をきいたとき、佐々木は机に向ってパンフレットの割りつけを作りながら、昼間の疲れで、つい、うとうととしていた。

耳をすますと、廊下を走る音と、ドアを開閉する音が慌しく聞える。

佐々木が階段をかけ下りて行くと、杏子が泣きわめくジュリアーナを抱えるようにしてロビイから電話をしているところであった。

「ボブ、悪いけど、すぐ来て、ジュリアーナの部屋の外に、なにか怖《おそろ》しいものがあるっていうのよ」

下りて来た佐々木をみて、ほっとしたように受話器をおいた。

「どうしたんですか」

佐々木が声をかけると、ジュリアーナは杏子の胸にすがりついて、激しく慄《ふる》えている。

「すみません。ボブが来ますから、ドアの鍵《かぎ》をあけて下さい」

玄関のドアへ佐々木がとんで行くと、もうボブと息子のマークが懐中電燈と棍棒《こんぼう》を持ってかけつけて来た。

「なんです」

「よくわからない。ジュリアーナの部屋になにかあったようだ」

フランス語で話しながら戻ってくると、ジュリアーナが自分の部屋を指して叫んだ。

「猫……猫が死んでる……」

男三人が、まずジュリアーナの部屋に入って電気をつけた。

「別に、なんにもないじゃないか」

ボブがいい、父親の横に立って部屋を見廻していたマークが手を上げた。

「窓だ、父さん」

カーテンが少しめくれていて窓の外が暗くみえる。

白い物体が窓の外の空間に浮んでいた。

「猫だ」

近づいた佐々木が低く呟《つぶや》いて、窓を押しあけた。

白い猫が首を麻紐《あさひも》のようなものでくくられて上からぶら下っていた。

「三階のバルコニイからだよ」

紐の下っている場所であった。

「行ってみよう」

佐々木が階段へ行きかけると、マークが呼んだ。

「お客さん、三階のバルコニイは外からのほうが早いよ」

マークのあとについて玄関を出て、庭から大理石の石段を登る。

「こっちだよ」

懐中電燈の灯を佐々木の足許《あしもと》へ向けてくれながら、マークはバルコニイを裏のほうに廻って行った。

「ここだ」

そのあたりがジュリアーナの部屋の真上に当るのだろう、バルコニイのてすりに麻紐がくくりつけてある。

マークが懐中電燈で照らし、佐々木が注意深く紐をほどいて、宙ぶらりんになっていた白猫を庭へ下した。紐を下へ投げ、声をかけてから、又バルコニイを廻って階下へ下りる。

成程、マークのいったように、三階からバルコニイへ出るドアには内側から鍵がかかっている。三階からバルコニイに出るにはその鍵をあけなければならないから厄介だというマークの意味がやっとわかって、佐々木はこの青年の咄嗟《とつさ》の頭の回転に感心した。

庭を歩いて行くと、ボブがもう外へ出ていて、懐中電燈で猫を照らしている。

猫は死んでいた。

「誰がこんな悪戯《いたずら》をしやがったか」

死んだ猫を窓の外に吊《つ》り下げるなどというのは、男がみても気味が悪かった。

ジュリアーナが泣き叫んだのも無理はない。

「今夜はジュリアーナを、私の部屋へ寝かせますから……」

蒼ざめてはいたが、杏子は落ちついていい、誰もが合点の行かない顔ながら、とりあえず各々に引き揚げた。

三

翌日、誰が猫をバルコニイから吊り下げた犯人なのかという疑問を持ったまま、ホテルの従業員たちは、いつものように働いていた。

従業員といっても、今のところボブ親子とジュリアーナと佐々木だけである。もっとも改装中で、今日も朝から電気屋と大工が入っている。猫を吊り下げた犯人にしても、内部の人間とは限らなかった。

門は改装中でホテルの庭までは外部の人間が自由に出入りが出来た。バルコニイには庭から上ることが出来る。

「今日中に、門をなんとかしますわ」

杏子は外の人間の悪戯と考えているようであった。

「土地の人の中には、私がここでホテルを開業するのを快く思っていない人がいるかも知れません」

その日、佐々木は杏子の許可を得て、ニースまで、パンフレットの依頼に行った。専門家に依頼してホテルの写真をとり、それをレイアウトして適当な説明文をつける。

佐々木は強引に、その日の中にカメラマンを連れて来て、場所をえらんで撮影させた。写真が出来上るまでに、説明文は自分で作るつもりであった。

佐々木が積極的に動き廻るのを、杏子は黙認しているようである。

その夜も、佐々木は当然のような顔をして早々と自分にあてがわれた部屋に閉じこもり、説明文の原稿を作りはじめた。

杏子の叫び声をきいたのは、ぼつぼつシャワーを浴びようかと思っている時であった。

佐々木はドアを蹴《け》とばすようにして階下へとんで行った。

杏子は部屋の外へ逃げ出した恰好《かっこう》で立っていた。バスローブ一枚である。

ジュリアーナがこれもバスローブでとんで来た。シャワーを浴びていたらしく、濡れた髪にタオルを巻いている。

「バスルームに猫が……」

杏子が佐々木にいい、佐々木は彼女の寝室へ入って行った。

ぎょっとしたのは、真白なバスタブの中に烏猫《からすねこ》が死んでいたことである。

ジュリアーナが知らせたらしく、ボブがかけつけて来た。ひとめみて、顔色を変えた。

昨日の今日である。

猫の始末はしたものの、流石《さすが》に眠るどころではなかった。

悪戯にしても悪質すぎる。

ダイニングルームにはボブ親子と佐々木とジュリアーナが、まだ恐怖のさめない杏子を取り囲むようにしてすわった。

「誰かがやったのよ。誰かがあたしと奥様にこんなひどいことを……」

耐え切れなくなったようにジュリアーナが叫んだ。

「誰なの、いったい」

佐々木は杏子に訊ねた。

「バスルームへお入りになる前は、なにをしていたんですか。つまり、僕が二階へ上ってからです」

ずっとダイニングルームにいたというのが杏子の返事であった。

「コペンハーゲンから注文しておいた食器が届いたんです。ジュリアーナとそこで荷をほどいていて……十一時になったので、ジュリアーナにも休むようにいい、私も部屋へ入りました」

バスルームを開けたのは、着がえをしてすぐである。

ボブ親子は食事の後片付のあと、自分達の部屋へ戻っていた。

門は、昼の中に完成して、しっかりと鍵がかかっている。今日は外部の侵入者というわけには行かなかった。

「とすると、僕が容疑者になるな」

佐々木は苦笑した。

「しかし、僕じゃありませんよ」

「お客さんじゃないよ」

口をはさんだのは、マークであった。

「少くとも、昨日のは、お客さんじゃない」

「どうして」

佐々木が訊いた。思いがけない弁護人に彼自身が途惑っている。

「三階のバルコニイへ行こうとした時、お客さんは階段を上ろうとしたんだ。つまり、外からバルコニイへ行けることを知らなかった」

三階のバルコニイへ出る鍵は事務室の机の中にある。

「昨日、来たばかりのお客さんにそんなことわかりゃしないよ」

「俺達でもないぞ」

ボブが胸を張った。

「神に誓って、俺達親子三人は犯人じゃない」

杏子が手を振った。

「あなた達じゃないわ。ここにいる誰もが、犯人じゃありません。やっぱり、外からの人間よ。門は乗り越えようと思えば越えられるわ」

それでも不気味な夜であった。

杏子は三階のゲストルームへ行き、その隣にはボブ夫婦が泊ることになった。

誰も一睡も出来なかったのは、翌朝、みんなの顔で明らかであった。

朝食のあと、佐々木は時間をみはからって、ミラノの浜口啓太郎へ電話をして、二、三の質問をした、昨夜から考え抜いてのことである。

ロビイでは杏子が蒼ざめたまま、海を眺めていた。佐々木をみると気弱く微笑する。

「やっぱり、素人がこんなことをはじめるのが間違っていたのかしら」

「冗談じゃありません」

佐々木が大きく笑った。

「こんな嫌がらせに驚いていたら、なんにも出来やしませんよ」

昨夜作ったパンフレットの原稿をみせた。

「これが出来上ったら、あっちこっちとび廻って来ます。とにかく、お客を確保することが急務ですから……」

杏子は浮かない顔でうなずいた。

食器の整理をしているジュリアーナも、ボブの女房も、暗い表情である。

佐々木は一人で張り切って、オープンの時の招待客のリストを作りはじめた。

三日目の夜が来たが、杏子はまるで食欲がなくなって嘆息ばかりついている。

今夜もボブ夫婦が泊ることになり、杏子も三階のゲストルームで寝るという。

夕食のあと、佐々木はそっとマークを呼んだ。僅《わず》かの間、話し合ってから二階の自分の部屋へ戻る。

夜が更けて、誰の部屋からも灯が消えた。

午前二時、一人の姿が庭へ現われた。

大きな布袋をひきずって、その中から一匹ずつ猫を庭のあちこちにふり落して行く。僅かの間に庭には十匹余りの死猫がころがった。それらをぐるりと見廻すようにして人影が庭を去りかけた時、三階のバルコニイからスポットライトが庭へ向って点《つ》いた。夏の夜、庭でダンスをする時のための設備であった。

明るすぎるスポットライトの中に、女が立ちすくんでいた。短かい叫びを上げて、ジュリアーナが泣きくずれるのを、杏子は佐々木に支えられてバルコニイからみつめていた。バルコニイのスポットライトをつけたのはマークであった。ボブが重い足取りで地面に突っ伏しているジュリアーナに近づいた。

「ジュリアーナは、あなたの別れた御亭主、アンジェロ氏のお手がついていたんですよ。あなたは知らなかったらしいが、男同士というのは意外とそういう事実を知っている。浜口啓太郎に訊いたら、彼が教えてくれました。それで、昨夜、マーク君とボブ君と、しめし合せて不寝番をしたんです。彼女が山から拾って来た猫は十匹以上だとわかってたんでね」

「山からですって……」

「モンテカルロの山沿いの村で野良猫退治をやったそうです。増えて仕方がないんで、村の連中が薬殺した。その死体をごみ捨て場においておいたのが、誰かに盗まれたって、マーク君が聞いて来たんです」

「ジュリアーナが、どうして、そんなことをしたんでしょう」

すべてが片づいた日の午後、佐々木はロビイで招待状の原稿を書いていた。傍《そば》で杏子は彼の作った招待客のリストを眺めていたが、二人とも仕事はさっぱりはかどらなかった。

「彼女はあなたが羨《うらやま》しかったんです。同じ男の愛人だった……おっと、ごめんなさい。でも、彼女はそう考えたんですよ。あなたがアンジェロと結婚しても入籍していないのを知ってたから、自分と五分五分と思ったんです」

一人は正式に離婚と称して、慰謝料を受け取る。自分は無一文でお払い箱。

「私は、慰謝料なんてもらっていません」

「彼女が、そう思っただけだといってるでしょう」

女の怨《うら》みは怖しいと佐々木は首をすくめた。

「要するに、猫さわぎで犯人を僕かボブ親子と思わせて、結局、あなたの周囲から必要な人間が去って行くのをねらったみたいですね。あなたを孤独にしたかったんだ」

偶然、モンテカルロの裏山で殺された猫の死体を発見したことが、愚かな犯行を思いつかせる結果になった。

「女だからって安心は出来ないってことが、よくおわかりになったでしょう。今回、活躍した人間は、僕とボブとマーク、すべて、れっきとした男性でした」

杏子の表情に、はじめて安らいだ笑いが浮んだ。

「おっしゃることはよくわかりました。私の部屋の、バスルームを改装して、そこをマネージャーの部屋にします。それでよろしかったら、どうぞ」

佐々木は、書き上った招待状の原稿を差し出しながら、お辞儀をした。

「ありがとうございます。でも男は、猫の死体の中で寝ろといわれたって、びくともしませんよ。それより、ホテルの名前を決めて下さい」

招待状の原稿にも、パンフレットの原稿にも、ホテルの名前の部分だけが入っていない。

「オテル・ド・フルールよ」

明るい声で杏子が答えた。立ち上って庭のほうへ歩いて行く。

「花ホテルです、いいでしょう」

コートダジュールは花の町々であった。そうして、美しい海を背景にして、午後の陽ざしの中に立っている女主人は、そのまま、花であった。

「いいでしょう、花ホテル、オテル・ド・フルール……」

佐々木のペンが、原稿の空白の部分を埋めた。

南フランスのクリスマスは、もう近い。

招待客

一

花ホテルがオープンしたのは、二月はじめの土曜日であった。

コートダジュール沿いの山々にミモザの花が咲き乱れ、花祭だの、カーニバルだのの催しがくりひろげられる季節である。

オープンに先立って花ホテルからは数百通の招待状が特定の相手へ発送されていた。その招待状を持って花ホテルへ来れば、一泊二食付の無料サービスが受けられるような仕組みになっている。

原則として夫人同伴だが同室出来る間柄なら家族や友人でもかまわないことにし、そのかわり、必ず予約を入れてもらうのが条件であった。

招待客の中からは、是非、オープンの第一夜に宿泊したいという希望が続出し、二十室がまず、それで埋まってしまった。

他《ほか》からの予約客で十室が満杯になり、残りの五室を、マネージャーの佐々木三樹は空けておくことにした。

オープン早々、ブッキングオーバーでホテルの評判を落さないためである。

開業前夜の金曜に、花ホテルは、コートダジュールの名士を招待して、お披露目のパーティを催した。

　客は、ホテル側の予想以上に多かった。

　エズの町の、むかしロシヤの貴族の別荘だった建物を、フランス国籍のある日本人の女が買いとってホテルにするというのは、平穏無事な毎日の過ぎているコートダジュールでは、ちょっとした話題であった。

　パーティには、モナコ大公と王妃も出席されて、それが、このホテルの開業に華やかさと格式を添えた。

　客は、ビュッフェスタイルにしては贅沢《ぜいたく》すぎるほどの料理と、ワインの種類の豊かさに満足し、この日一日だけ、客にみせるために開放したスイートルームの上品さに眼を奪われていた。

　午後十時、パーティは終って、女主人の朝比奈杏子は、マネージャーの佐々木三樹と共に、玄関へ立って丁重に客を見送った。

「まず大成功ですね、おめでとう」

　二人がロビイへ戻ってくると、浜口啓太郎がタキシードのネクタイをはずしながら、大広間のある三階から下りて来た。今まで、パーティ会場だった三階の後片付の指図をしていたらしい。

　佐々木を、このホテルのマネージャーとして紹介したのは彼であった。

昨日から会社を休んで、このホテルのオープンの手伝いに来ている。

「浜口さんと、佐々木さんのおかげよ。本当にありがとうございました」

杏子は、ミモザの花のような深い黄色のイヴニングドレスであった。大きく開けた背中が日本人ばなれのした美しさである。

「いやいや、今夜の成功は、一にも二にも、杏子さんですよ。これだけ美人で魅力的な女主人に出迎えられたら、大方のお客は花ホテルのファンになったでしょう」

浜口啓太郎がいうのも、満更のお世辞ではなかった。今夜の客たちが、老幼男女を問わず、女主人の杏子に関心を持ったのは、佐々木も傍でみていてよくわかった。チャーミングなのは容姿ばかりでなく、そのホステスぶりも水ぎわ立って見事であった。

「なにしろ、あのグレース王妃と並んで、貫禄負けしないいんですから驚いたな」

「浜口さんは相変らず、お口が上手ね」

艶然《えんぜん》と微笑したが、流石《さすが》に疲労の色はかくせない。

「マダムはもうやすんで下さい。あとは我々で充分ですから……」

佐々木がいうと、杏子はちょっとためらっていたが、

「それでは、部屋でくつろいでいますから、用があったら遠慮なく声をかけて下さい」

案外、素直に一階の奥の自室へ引きあげて行った。

「お前もたいしたもんだな」

杏子の後姿を見送ってから、浜口が友人を眺めて苦笑した。

「俺は、彼女がアンジェロ夫人だった頃からの知り合いだが、あの勝気な人が、お前のいうことには小娘のように素直じゃないか」

「そんなことはないさ」

ロビイの灰皿をボーイのように片付けながら佐々木が応じた。

「いつもはあんなじゃないが、今夜は反撥《はんぱつ》する元気もないほど、疲れ切っているんだよ」

一軒のホテルをオープンさせるまでの気苦労と体力は、女には重荷すぎたと佐々木は思っている。

「実際、マダムはよくやったよ」

昨年までは、なに不自由のない金持の夫人であった。

それが、ホテルのオープンまでは、開業の挨拶廻りからワインの買いつけ、従業員の訓練まで佐々木と一緒になって、やってのけた。

「お前だって、この一週間はろくに寝ていないらしいな」

「俺は男だから、大丈夫だ。それよりも、モナコ大公夫妻が出席してくれたのはなによりだった。おかげで、このホテルに箔《はく》がついたよ」

その才覚をしてくれたのは浜口である。

「実をいうと、あれはアンジェロのコネなんだよ」

杏子の別れた夫であった。ミラノに住んでいる金持で、どういうわけかあっちこっちに顔が広い。

「モナコ公国とも、いろいろひっかかりがあるらしい。しかし、本当に出席してくれるとは、正直のところ、俺もグレース王妃の顔をみるまでは信じられなかったよ」

「アンジェロ氏のコネだったのか」

ロビイの掃除を従業員にまかせて、フロントへ入りながら、佐々木が呟《つぶや》いた。

明日の宿泊客のリストを取り出して、案内する部屋を決めている。

「そういえば、明日、アンジェロが来るんだろう」

フロントの前へ廻って、浜口がリストをのぞき込んだ。

「是非、招待してくれと、わざわざ御当人が電話をかけて来たんだ。マダムに相談したところ、お客様なら仕様がないでしょうといわれてね」

「アンジェロ一人か」

「それは知らん。招待状は一応、夫人同伴になっているがね」

「まさか、あいつを連れては来んだろうな」

「愛人がいるのか」

女にだらしのない男というのは、佐々木も知っている。

「イタリヤでは、ちょっと名の知れた歌手なんだ。イサベラといってね。あんまり評判のいい女じゃないが。女のほうがアンジェロに夢中で結婚したがっている」

「いくらなんでも、ここには連れて来ないだろう」

もし、浜口啓太郎のいうように、今夜のパーティにモナコ大公夫妻が出席するために骨を折ってくれたのがアンジェロなら、彼は、まだ、別れた妻に愛情を持っていると解釈するのが自然であった。

そもそも、佐々木をこのホテルに紹介したのも、浜口啓太郎がアンジェロから、別れた妻のホテル経営に適当な協力者を探してくれと頼まれたのが発端である。

「アンジェロ氏は、まだ、うちのマダムに未練があるのかね」

さりげなく、ルームナンバーを印刷した封筒にルームキイを入れながら、佐々木が訊《き》いた。

「そりゃあるだろう。オープンの日の客として招待されたがったことからして、関心は充分だと思うよ」

てきぱきとデスクの上を処理している友人の横顔を窺《うかが》うようにした。

「気になるのか」

「いや」

無表情に佐々木はルームキイをデスクのひきだしにしまって、鍵《かぎ》を下した。

「もう、部屋へひきとって休んでくれ。今夜は本当にありがとう」

日頃、パーティ屋を自称する浜口啓太郎の采配《さいはい》が、今日のパーティにどのくらい役立ったことか。

「なに、お前のマネージャーぶりもたいしたものだったよ。紹介の仕甲斐《しがい》があった」

笑いながら、浜口が二階の客室へ上って行ってから、佐々木は、すでに後片付のすんだ大広間から、客室を一つずつ点検して歩いた。

各階の戸じまりから、火の元を確認して一階へ戻ってくる。

通いの従業員は、もう帰したし、住み込みは、当直の何人かを残して従業員宿舎へ戻っていた。

「ご苦労さん、今夜はまだ泊り客がないから、休んでかまわないよ」

当直室へ声をかけて廊下をフロントへ来ると、杏子が立っていた。普段着に着がえてはいるが、化粧も落していない。

「まだ、起きていらしたんですか」

佐々木は眉をよせた。

「明日が、気になって……」

心細い顔である。

「今からそんなことじゃ体がもちませんよ。オープンすれば、明日から毎日が戦場なんですから……」

マネージャーに叱られて、女主人は肩をすくめた。

「休みますわ。佐々木さんも、ほどほどにして」

「ありがとうございます」

背を向けかけた杏子へ、佐々木は慌てて声をかけた。

「明日、ミラノからおみえになるアンジェロ氏ですが、ゲストルームに御指定がございますか」

杏子がふりむいた。

「お客様のことは、佐々木さんにおまかせします。ただし、私のプライベートルームから、なるべく遠くにして頂ければ有難いわ」

「承知しました」

佐々木が軽く会釈をし、杏子はまっすぐ自室へ去った。

二

オープンの当日の客は、午後から次々と到着した。

パリからが一番多くて十五組、ロンドンから三組、リヨンから二組、マドリッドから二組、ミラノから二組、トリノから二組、ジュネーブから二組、ジュッセルドルフから二組、コペンハーゲンから一組、アムステルダムから一組で、合計三十二組、この中《うち》、ミラノのアンジェロ氏と、ジュッセルドルフからの一組はどたん場になって急に増えたもので、浜口啓太郎のために一室、空けているから、結局、空室は二室になってしまった。

「まあ、こんなところなら順調です」

佐々木はフロントにいて、てきぱきと客をさばき、杏子はロビイで客に挨拶をした。

今日は黒いスーツに、昨日のドレスと同じ色のシルクオーガンディのブラウスを着ている。黒い髪を後頭部でまとめて、薄化粧であったが、しっとりと落付いた女主人ぶりである。

「たいした顔ぶれだな」

フロントのすみにいて、浜口啓太郎はリストを眺めて感心した。

「実にいい客種だ」

大使館関係者から、商社の支社長クラス、航空会社の支店長、ジャーナリスト、俳優、文化人と多彩である。殆んどが、佐々木がコネをつけたものだったが、パリ在住の上流社会の人々は、杏子の前夫の知人が多かった。

「マダムの歿《なくな》ったフランス人の御主人、パキエ氏のお母さんが、まだ健在でね、その人がとてもマダムを可愛がっているんだ」

それは佐々木にとって、少々、奇異なことであった。息子は死に、その妻は入籍しないままでも、一度、再婚のような形で他の男と暮していた時期があるのに、姑《しゅうとめ》はむかしと変らず、杏子を娘のように愛しているらしい。

そのパキエ老婦人の紹介による客は、オープン第一夜に二組ほどあった。

一組はパリの病院長夫妻、もう一組はすでにリタイヤーしていたが外交官夫妻であった。

その元外交官、オリビエ夫妻が到着したのは、ちょうど三時のお茶の時間で、ロビイに続いているテラスルームでは、すでにチェックインしたお客達が、給仕人からお茶とケーキのサービスを受けているところであった。

出迎えた杏子とは旧知の間柄で、抱き合って挨拶をかわし、杏子が自分から客室へ案内して行く。

浜口がポーターと一緒になって運び込んだオリビエ夫妻の荷物はひどく多かった。

ルイ・ヴィトンのスーツケースは、どれも何十年も使いこなした古いものだったが、その中には日本の長持のような恰好《かっこう》をした大型のものもある。

「おい、手をかしてくれ。重いのなんの」

浜口が声をかけ、佐々木もフロントをとび出して行って、それらを玄関からロビイへ運び込んだ。

「ここのスーツケースは厳重なのが御自慢だが、重いんだよな。おまけに車《キャスター》がついていないからポーター泣かせでさ」

浜口は苦笑して、額の汗を拭いたが、イタリヤ人のポーターはそれほど重そうな顔もしないで手押車に積んで部屋のほうへ行く。

「スパゲッティをスープがわりにするのと、昼飯にする人種と、差が出たな」

そこへ杏子が戻って来た。

「お部屋がとてもお気に召したそうよ」

たまたま、世界一周の船旅に出かける予定で、明日の夕方、マルセイユの先の港からイギリスの豪華客船に乗るという。

「道理で荷物が多いと思いましたよ」

長持型のスーツケースは、本来、船旅用に作られたものであった。

「おいくつぐらいですか」

浜口が、杏子に訊いている。

「たしか、お二人とも六十少し前の筈《はず》だと思いますけど……」

会わなかった歳月を杏子は数えた。

「それにしては、老けてみえますね」

「ええ、あたしも、少し驚いたの」

どうみても七十代の夫婦であった。髪は白く、年輪が必要以上に肌に刻まれている。

「御病気でもなさったのかも知れないわ」

引退の時期も少し早い感じであった。

玄関にタクシーが着いた。

今度の客はジュッセルドルフから来た日本人の商社マンであった。佐々木の上司であり、今はその商社のジュッセルドルフ支店長兼ヨーロッパ総支配人の地位にある。大久保彦市という名前から連想されるとおり、頑固で人情に厚い上役であった。佐々木もこの人にだけは恩義を感じている。

「おめでとう……どうかね、うまく行ってるかい」

温みのある声は昔と少しも変らず、佐々木は少し、胸が熱くなった。

「有難うございます。早速、お越し頂けて恐縮です」

ジュッセルドルフからは、決して近い距離ではなかった。

「紹介するよ。ちょうど日本からみえていた旅行評論家の北村先生とその奥様だ。奥様は随筆家でもいらっしゃるし、京都の名家の御出身だから、その中、きっと、このホテルを才筆をもって広く紹介して下さると思うんでね」

そのために、急に一組増えたといいたげであった。

「娘の鮎子《あゆこ》とも、久しぶりだろう」

父親のかげから、娘の鮎子が少しはにかんで佐々木へ微笑した。小柄だが、プロポーションのいい体つきである。いくらか寂しげな感じがあるのは、一度結婚に失敗しているせいで、容貌《ようぼう》はむしろ近代的な明るい美人のタイプであった。

四人の客を杏子に紹介し、今度は佐々木が自分で客室へ案内した。

戻ってくると、ロビイに長身の男が杏子と向い合っている。四十五、六だろうが、イタリヤ系の、俳優にしてもいいような美男であった。着ているものの趣味もいい。

「彼がアンジェロだよ」

そっと浜口がささやき、佐々木はあっけにとられた。彼のイメージの中にあったアンジェロとは正反対の男であった。これほどのダンディが、杏子の別れた夫とは思いもよらなかった。

「佐々木さん」

杏子が呼び、佐々木はマネージャーの冷静さで近づいた。

「アンジェロさんですわ」

アンジェロが手をさし出し、佐々木は丁重に握手をした。

「ようこそ、お出《い》で下さいました。又、昨日は、このホテルのパーティのために、お骨折り下さったとか……有難く感謝して居ります」

玄関のドアを華やかな女が入って来たのはその時で、佐々木のかわりにフロントにいた浜口が、あっという顔をした。

真紅のスーツは女の体の線を必要以上に強調して、短かいスカートには、きわどいところまでスリットがあいている。

「おや、浜口さん、あなた、いつ、このホテルのフロントへお勤めになったの」

女は甲高いイタリヤ語でいい、まっすぐにロビイへ来た。

「アンジェロ、紹介して。こちら、このホテルのマダムでしょう」

浜口が昨夜、話したイサベラという女だと佐々木は気がついた。アンジェロはとみると、これは端正な顔に多少、困惑の色を浮べたものの、悪びれもせず、二人を紹介した。

「アンジェロ、私のスーツケース、あなたの部屋に運ばせて……」

杏子の挨拶が終らない中に、イサベラはこれ見よがしに、アンジェロと腕を組み、肩をそびやかすようにしてエレベーターへ歩いて行った。

夕方の五時までに、客はつつがなく花ホテルに到着した。

夕食は、ダイニングルームの関係で、二回に分けることにし、各々、客の好みの時間に合せた。

ロビイの脇のテラスにはオードブルがおかれ、バーテンが客の注文に応じて、食前酒、或いは食後酒のサービスをしている。

大久保彦市のグループは、早い時間の夕食を予約したので、八時にはテラスルームへ移動してくつろいでいる。

この時間になると、フロントには殆んど用事がなくなるので、佐々木はもっぱらテラスルームのサービスを手伝っていた。

「なかなかいいホテルじゃないか。これだけ贅沢なリゾートホテルはコートダジュールでも珍らしいだろうね」

大久保彦市はウイスキーをお湯で割ってゆっくり飲んでいた。

「カンヌにはマジェスティック、カールトン、ニースにはネグレスコ、モナコにはオテル・ド・パリと、この辺りには名門のホテルが多いが、いずれも格式が高くて、日本人にはおどろおどろしいイメージがある。その点、このホテルはデラックスだが家庭的だ。明るくって、くつろげる。それでいて格調をくずしていない。これはね、君、知る人ぞ知るというようなホテルになるよ」

佐々木は頭を下げた。

「そうおっしゃって頂くと張り合いがあります。我々のねらいも、その辺にありますので」

「女主人は、独り者かね」

「そうです」

「パトロンは……」

「ありません」

「君とは、どうなのかね」

「残念ながら、主人とマネージャーの仲だけでして……」

大久保が笑った。

「佐々木君は、女には懲りているんだな」

「多少、そんなところがあります」

「離婚の後遺症は、まだ治らないかね」

前庭は、間接照明と、外燈で明るくなっていた。

鮎子は、評論家夫妻と庭に出ている。二月の南仏の夜は、ジュッセルドルフから来た客にとって、かなり暖かく感じるらしい。

「娘の鮎子もね、ぼつぼつ、いい縁談があればと思っているのだよ」

父親らしい表情で、大久保は庭の娘をみていた。

「もう二十九になるのでね」

最初の結婚は二十二歳の時で、相手は良家の息子だったが、結婚してみるとマザーコンプレックスで、とうとう夫婦生活が出来なかった。

いわば、処女のままで、鮎子は一カ月後に実家へ帰って来たことは、佐々木もきいていた。

「世間知らずの娘だったから、ショックも大きかったし、その中に家内が病死したりして、つい、再婚が遅れているが、もう、いい人を決めてやらなければならんと思っているんだ」

鮎子の近くを、海岸のほうまで散歩に行ったらしい老夫婦が通りすぎた。パリから来たオリビエ夫妻である。おたがいの足許《あしもと》をいたわるように、花壇のふちをテラスへ戻ってくる。

ちょうどダイニングルームのほうから二度目の食事時間の客が、食事を終えて出てくるところであった。

鮮やかな紫に赤や黄で花を描いたイヴニングドレスのイサベラが、シャンペングラスを持ったまま、庭へ下りて行く。なんの気もなく、そっちをみていて、佐々木は、彼女の足が不自然に止ったのに気がついた。

イサベラの前には鮎子と評論家の北村夫妻がいた。そのむこうには、やはりパリから来た病院長夫妻を、海岸のほうまで案内して来たらしい杏子が白いブラウスと黒のロングスカートで近づいてくる。

イサベラがふりむいて、ややヒステリックな調子でアンジェロを呼んだ。

ダイニングルームを出たところで、知人と話していたアンジェロが、彼女のほうへ歩いて行く。二人はそのまま、海岸への小道をプールのあるもう一つの建物へ向った。イサベラが聞えよがしにオペラのカルメンの一節を歌っているのが、テラスまで聞えてくる。流石にいい声であった。

「あの方、歌手ですってね。すてきな声」

鮎子が父親の傍へ来て話しかけ、それをしおに、佐々木はフロントへ戻った。

三

花ホテルは夜更けまで賑《にぎ》やかであった。

早めに部屋へ戻ったのは老人の客達で、その他は三階の大広間でダンスに興じている。が、それも午前二時までであった。

佐々木が三階へ上って行ったのは、バルコニイへ出るドアの鍵を閉めるためであった。バルコニイから庭へ下りる石段に月光がさしている。そこに男女が、やや離れて立っていた。

佐々木の足音をきいて、女がふりむいた。杏子である。男は庭へ体を向けていたが、後姿でもアンジェロとわかった。

「ここ、閉めるのでしょう」

杏子の声が静かだったので、佐々木は、ほっとした。

「いえ、まだあとでもかまいませんが……」

「閉めて下さい」

きっぱりといい、杏子はアンジェロへ顔を向けた。

「失礼しますわ」

杏子がバルコニイから三階へ入り、階段を下りて行くと、アンジェロも月光の中から戻って来た。

鍵を閉めながら、佐々木が注意していると、彼は四階へ階段を上って行った。彼の部屋は四階のスイートである。

佐々木が自室へ入ったのは、午前四時に近かった。

このところ、ベッドに横になるのは連日、二、三時間であった。もっとも、緊張しているせいか疲労感はない。

ネクタイをほどいたところで、ドアがノックされた。

出てみると宿直のボーイが立っている。

「アンジェロ様が、御同伴の婦人が先に帰ったかとおっしゃって居られますが……」

イサベラのことである。佐々木はネクタイを結びながら四階へ行った。

スイートルームにアンジェロは、間の悪そうな顔ですわっていた。客間には女物のガウンやハンドバッグがおいてある。イサベラのものに違いなかった。

「部屋へ戻ったら、彼女がいないのだが、心当りはないかね」

あまり心配そうな顔でもない。

「わたしがかまってやらないので、腹を立てて帰ったのかも知れないが……」

佐々木はアンジェロにことわって、一応、部屋の中を改めた。夫がいつまでも部屋に戻らない時、おどかしのために戸棚やバルコニイにかくれる例がある。だが、イサベラはみえなかった。

当直の従業員が総出で、ホテルの中から庭やプライベートビーチのほうまでみに行った。

「あまり、さわがないでくれ。多分、つむじをまげて帰ったんだよ」

アンジェロは落ちついていたが、佐々木にしてみれば、イサベラが黙ってこのホテルを立ち去ったとは思えなかった。

玄関の前のフロントには、ずっと佐々木がいたのだし、仮にイサベラが庭から抜け出して帰ったとしても、門までは上り坂でかなりの距離がある。エズの町まで出ればタクシーがないこともないが、夜の道を、イサベラのような女が何キロも歩くものかどうか。

アンジェロの車は、駐車場にあった。仮にイサベラがつむじをまげてホテルを出て行ったのなら、アンジェロの車を使いそうなものであった。客の車の鍵はフロントであずかっている。客の同伴者が車の鍵を求めたら、まず、拒むことはない。

やがて、夜があけたが、イサベラはホテルのどこからも発見されなかった。

あきれたことに、アンジェロは悠々とベッドで睡《ねむ》っている。

七時には朝食のためにダイニングルームがあき、従業員たちはいそがしく働いている。はやばやと起き出して来た杏子に、佐々木は事情を話し、昨夜、アンジェロと何時から一緒だったかを訊《たず》ねた。訊きにくいことだが、アンジェロがイサベラを放ったらかしにしたというのは、杏子とバルコニイにいた時間のことに違いない。

「私が彼につかまったのは、十二時頃ですよ。他のお客様のお相手をしてバルコニイにいたら、彼が話しかけて来て、気がついたら、まわりに誰も居なくなってしまって……」

イサベラが居なくなったと知って、顔色を変えている。佐々木はアンジェロを叩きおこした。エズの町までやった従業員が、昨夜遅くに町からタクシーを拾った客はないと確認して来たからである。小さな町でタクシーは他の土地から呼んでくるのが普通であった。アンジェロは佐々木の質問に対して、昨夜、イサベラと一緒だったのは十二時近くまでだといった。

「海岸を散歩して、ビーチのほうまで行ったが、十二時には部屋へ戻った」

イサベラがバスルームへ入ってから、部屋を出て、三階のバルコニイへ行き、それからは杏子と話をしていたという。

アンジェロとイサベラが部屋へ戻って行くのは、テラスにいた浜口が目撃していた。

「イサベラが、これみよがしにアンジェロにべたべたしていたんだ。それで、近くに杏子さんがいるんじゃないかと思って見廻したら、庭から三階のバルコニイへ上る石段を、彼女がオリビエ夫妻と登って行くところだったんだ」

もしも、それをアンジェロが目のすみに入れていたとしたら、彼が一度、部屋へ戻ってイサベラがバスルームに入るのをみすまして、すぐ三階のバルコニイへやって来たのがうなずける。

「あいつは、杏子さんと二人になるチャンスをねらっていた筈だよ」

もともと、一人で来る筈のところをイサベラが追いかけて来た。その釈明もあったろうし、別れた妻へ未練たっぷりな夫としては、昨夜は又とないチャンスだったのかも知れない。

「しかし、イサベラはどうしてアンジェロを追いかけて、ホテルの中を探さなかったんだろう」

佐々木が首をひねった。バスを使っている中に男が部屋から居なくなったとしたら、あの女の気性として大人しく待っているとは思えない。まずホテル中、かけ廻ってアンジェロをみつけ出し、一騒動あるところである。

「待てよ。ひょっとすると、アンジェロはイサベラに睡眠薬を飲ませたんじゃないか」

イサベラを睡らせたあとで、杏子に接近するためには、それがもっとも手っとり早い。

「本当なら女の睡るのを見届けてから部屋を出るのが順序だが、そんなことをしていて、マダムがバルコニイから引きあげてしまったら大変だと、慌ててとび出して来たんじゃないかな」

とすれば、イサベラはバスルームを出た段階で、強い睡りに襲われている筈である。

「だったら、どこへも行けないじゃないか」

二人の男が顔を見合せた。

「アンジェロが、彼女をどうかしたんだ」

それしか考えられなかった。

杏子への未練が充分のアンジェロにしてみたら、イサベラは邪魔な存在である。

「イサベラに持ちかけられて、うっかり手を出したら、今度は女がつきまとって離れない。アンジェロにしてみたら、ほとほと手を焼いていたんじゃないのかな」

「そういえば、ミラノできいたことがある。イサベラってのは、まむしみたいな女で、一度、彼女に食いつかれた男は、全財産を吸い上げられるまで、彼女から逃げ出すことが出来ないんだとさ」

話しながら、二人はエレベーターで四階へ上った。もう一度、アンジェロの泊ったスイートルームを調べる心算《つもり》である。

たまたま、隣の客室のドアがあいていた。

オリビエ夫妻が、例の古びたトランクやスーツケースを部屋の外へ運び出そうとしている。

「これは、どうも申しわけありません。只今、ポーターを呼びますので……」

オリビエ夫人が微笑した。

「私どもは夕方までにマルセイユまで行かねばなりませんので……」

昨日、ニース空港からレンタカーで来る筈が手違いで間に合わず、タクシーを利用した。

今朝は、そのレンタカーが七時にホテルに届いている。

佐々木は自分で階下へ行って、手押車を持って四階へ戻った。浜口が夫妻と雑談をしながら待っていた。

「荷物は、すぐ下しますので、どうぞ、お先に、ロビイでお待ち下さい」

オリビエ夫妻は、恐縮そうな様子だったが、佐々木と浜口が重ねて勧めると、会釈をしてエレベーターのほうに去った。

二人がかりで手押車にスーツケースを積み込むのに、案外、手間がかかる。馴れていないせいもあって、手押車の安定も悪い。

「とにかく、この船旅用のトランクが馬鹿でかいんだな」

二人で持ち上げるのが、やっとであった。

「日本人の非力が情ないね」

イギリス人やイタリヤ人の男は背も高く腕力も強い。このホテルでポーターとして採用した男など、昨日は悠々とこの荷物を運んで行った。

とりあえず、アンジェロの部屋の調査は後まわしにしなければならない。

ロビイに下りてみると、オリビエ夫妻は寄り添って庭のほうを眺めていた。夫婦とも、厚手のオーヴァーコートと、夫人は毛皮のコートまで持っている。

反射的に、佐々木は昨日、ホテルに到着した時のオリビエ夫妻の恰好を思い出していた。

二人共、厚手のスーツで、各々、上着をぬいで手に持っていた。

南仏の二月はもう暖かい。パリを出た時にはちょうどよかった厚手のスーツも、タクシーの中では暑かったに違いない。毛皮もオーヴァーコートも、彼らは手にしていなかった。

世界一周の船旅では必要かも知れないコート類を、夫妻はどこへしまって来たのだろうかと思い、佐々木は例の船旅用の大型トランクに眼をとめた。

ホテルに到着した時、夫妻のコートはあの中に収めてあった。それを、二人は今、腕に抱えている。何故《なぜ》、そんなことをしなければならなかったのか。

レンタカーの道中にコートは必要なかった。

夫妻が乗船する港も南仏である。

ポーターが走って来た。すでにオリビエ夫妻が依頼したレンタカーは、玄関へ横づけにしてある。

ポーターが大型の長持風のトランクへ手をかけた時、佐々木は声をかけた。

「重いぞ、俺が手伝うよ」

たしかに、それはイタリヤ人のポーターにしても一人では扱いにくい大きさであった。トランクの四隅を二人が持って、玄関から出て行くのを、オリビエ夫妻は不安そうに眺めていた。

佐々木がトランクから手をすべらせたのは玄関を出てすぐであった。バランスを失ってポーターはよろけ、大型のトランクは音をたてて落ちた。

オリビエ夫人が悲鳴を上げて夫にすがりついた。夫も顔面蒼白《そうはく》になって妻を抱きしめている。トランクをポーターが取り落したにしては、不自然すぎる二人の様子を目に入れてから、佐々木はポーターに指図して、トランクをロビイへ戻した。どこか、破損したところはないか調べるという口実であった。

だが、トランクがロビイに下され、佐々木が近づいて、鍵の部分などに手をかけると、オリビエ夫人が絶叫した。

「やめて……助けて、おお、神さま」

佐々木はそっと杏子に近づいて耳うちした。

「あのお二人を、マダムの部屋へお連れ下さい。それからこのトランクを運び込みます。マダムからおっしゃって、このトランクの鍵を開けさせて下さいませんか」

杏子が佐々木をみつめた。

「どうして、そんなことを……」

「理由は、開けて頂ければわかる筈です。もし、何事もなかった時は、僕が責任をとります」

四

夕方、花ホテルから二組の客が出発した。

一組はオリビエ夫妻で、これは一日の中に十年も年をとったような顔色であった。予定した船には乗らず、パリへひき返すという。

もう一組は、アンジェロと、まだ半分、夢からさめていないような表情のイサベラで、抱えられるようにして車へ乗せられ、茫然《ぼうぜん》としたまま、出発して行った。

「アンジェロは、昨夜、イサベラに睡眠薬を飲ませて、バルコニイへ行ったんですよ。それも、かなり強い奴を、悪くすれば致死量になるくらい……もっとも、彼はイサベラを殺すつもりは全くなくて、睡眠薬の知識がないものだから、そんな危険なことをやってのけた。要するに一刻も早く、バルコニイへ行ってマダムに逢《あ》いたかったので焦ったんでしょう。イサベラはバスルームから出てアンジェロが出て行ったのを知り、朦朧《もうろう》としながら服を着て、やっとドアを出たところで、意識がなくなった。そこへ帰って来たのが、オリビエ夫妻です。正体のなくなって倒れているイサベラをみて、夫妻は或ることを決心し、彼女を自分達の部屋へ運び込んで荷作りした」

口にガムテープをはりつけ、両手両足を紐《ひも》でしばって、大型のトランクに押し込んであったイサベラの姿を思い出して、佐々木は嘆息をついた。老夫婦にとって、それは悪夢の中の作業であったに違いない。

「イサベラは、オリビエ氏と関係があったんだな」

浜口が、これも憂鬱《ゆううつ》そうに呟いた。

「まむし女に吸い尽された男の一人だったとはね」

オリビエ夫妻が外交官としてローマに駐在していた時分のことである。謹厳で愛妻家の夫が、セックスを武器に嚙《か》みついて放れないイタリヤ女に狂って行くのを、夫人はどんな思いでみつめていたものか。

「オリビエ氏は彼女を魔女だといっていたよ。彼女によって、彼が失ったものは、地位、名誉、財産、そして健康だったと」

夫婦の晩年を徹底的に破壊した女と、偶然、招かれたホテルで再会した。自分達の老醜に比べて、彼女は絢爛《けんらん》たる花のままであった。

「それだけなら、オリビエ夫妻は胸をさすってこらえたろう。しかし、神様も罪な悪戯《いたずら》をするよ」

黙りこくっていた杏子が、かすかに唇を開いた。

「どうなさるおつもりだったんでしょう。あの人を運び出して……」

浜口が訊ねた。

「杏子さんは、それをオリビエ氏に訊かなかったんですか」

「怖《おそろ》しくて、とても訊けませんでした」

「コートダジュールには断崖《だんがい》絶壁がありますからね、どこからでもトランクごと、放り出せば……」

「そんなことをすれば、忽《たちま》ち、足がつくよ」

佐々木は杏子の顔色をみて、わざと調子のはずれた声でつけ足した。

「しかし、御当人が睡眠薬のききすぎで、睡っている間は半死半生で、どんなことになっていたのかまるっきり知らなかったというのは、ちょっと笑い話じゃないですか」

ともかくも、殺人事件にならなかったことを、佐々木は感謝したい気持であった。

「開店早々、けちをつけられたんじゃ、ましゃくに合いませんからな」

すでに二日目の客が到着していた。

従業員は何事も知らず、きびきび働いているし、ホテルは穏やかな夕暮を迎えていた。

佐々木がフロントへ戻ると、さりげなく杏子がついて来た。

「一つだけ、訊かせて、佐々木さん」

「なんですか」

「どうして、オリビエ夫妻とイサベラを結びつけたの」

「それは……」

珍らしく、佐々木はくちごもった。

「一つは、マダムがおっしゃったでしょう。いや、浜口がいったのかな。アンジェロ氏が彼女と部屋へ戻るとき、マダムはオリビエ夫妻と庭からバルコニイへの階段を上って行った。それからアンジェロ氏が三階のバルコニイへ来て、マダムに話しかけている中に、周囲の人が居なくなってしまった。周囲の人というのは、少なくともその中に、それまでマダムと一緒だったオリビエ夫妻も含まれるわけです」

オリビエ夫妻が部屋へ戻った時刻と、イサベラがアンジェロのあとを追いかけて部屋を出ようとする時刻が、ほぼ一致する。

「でも、それだけじゃないでしょう」

「大久保鮎子さんからきいたんですよ。テラスで話をしているときに……。彼女は庭でイサベラがオリビエ夫妻と偶然、顔を合せた時をみているんです。異様な雰囲気だったって話してくれました。彼女が勘のいい女性だということは、前から知っていましたから……」

「そう」

杏子が正面から、佐々木をみた。

「お親しそうね。佐々木さん。彼女と……」

それに対して佐々木が返事をする前に、杏子は玄関を入って来た客に愛想よく小腰をかがめた。

「ようこそ、花ホテルへお出《い》で下さいました。フロントはこちらでございますから……」

佐々木へふりむいた顔は、女主人の貫禄に満ちていた。

「佐々木さん、お願いしますよ」

佐々木は、蝶ネクタイの結び目へ手をやり、客へ向ってうやうやしく一礼した。

「ようこそ……お名前をどうぞ……」

求婚客

一

花ホテルのマネージャーである佐々木三樹がパリへ出かけたのは、四月になってすぐであった。

花ホテルは全部で三十五室ほどの小さなホテルだが、原則として団体客をとらないのと、あまり派手に宣伝もしていないので、今のところ、千客万来というわけには行かなかった。

それでも二月、三月は南フランスの春の祭がいろいろあって、なんとか予約が続いていたが、四月になると客足が急に落ちた。

もっとも、それはコートダジュールのホテル全体にその傾向があって、六月からはじまるバカンスの季節の前は、どこも週末以外は比較的閑散としているようなところがある。

佐々木三樹がパリへ出かけて行ったのは、夏のシーズンに備えて、或る程度の予約を確保するためであった。

彼はもともと、日本の一流商社につとめていて、およそ十年もヨーロッパをかけずり廻って働いた実績がある。

彼がねらったのは、日本とアメリカのヨーロッパ駐在員の夏のバカンス用に花ホテルを利用してもらうことであった。

オープンの時、招待客にかなり金をかけて宣伝した甲斐《かい》があって、花ホテルの評判はパリにも聞えていて、二日ほどパリの旧知をかけ廻ると、けっこう予約が取れた。

明日、もう二、三、心当りへ寄って、午後にはニース行の便に乗ろうと思案しながらホテルへ戻ってくると、待っていたように電話があった。

日本ではかなり名の知れた舞台女優で、三人の子供をそれぞれパリとスイスに留学させている関係で、年に二、三度、ヨーロッパへやって来る。

彼女の長男がスイスのホテル学校へ入った時、たまたま、上司の依頼で佐々木が細かな手続きやらなにやら世話を焼いたのが最初で、以来、彼女の出演する劇場へ招待されたり、食事を一緒にしたりのつき合いが続いていた。

「今日、東邦銀行の中村さんに、あなたがパリに来ているってお聞きしたの。折入ってお願いがあるんだけど、これからお食事など、ご一緒に如何《いかが》」

特徴のある、ややかすれた声で、松岡香苗がいい、佐々木は承知した。

「しかし、僕は今、会社をやめて、コートダジュールの小さなホテルで働いているんですが……」

「それも、中村さんにうかがったの。だから、あなたに相談したらと思って……」

「いったい、なんですか」

「ホテルでお待ちしているわ。すぐいらしてね」

彼女は、プラザ・アテネを定宿にしている。

佐々木は、一日中着て歩いたワイシャツを新しいのに着がえてから、地下鉄へ急いだ。この時間はタクシーより地下鉄のほうが早い。

プラザ・アテネはアヴェニュー・モンテーニュにあった。

一九一三年の創業というから、古い歴史のあるホテルだが、外観は赤い日よけが窓を彩って愛らしいイメージもある。

フロントから電話を入れると、松岡香苗はすぐ下りて来た。黒地に白い花模様のあるシルクのドレスが大柄な彼女によく似合って、とても五十を越えているようにはみえない。

「ダイニングルームを予約してあるの。外へ出るより面倒がなくていいでしょう」

ダイニングルームのテーブルには、すでに彼女の注文したシャンペンが冷えていた。

「お久しぶり」

グラスを上げて艶然《えんぜん》と微笑する。

「いつ、こちらへお出でになったんです」

料理の注文をすませて訊《たず》ねた。いきなりなんの用ですかともいいにくい。

「ロンドンに十日ばかりいたの。パリへ来て今日で五日目」

水くさい人ね、と睨《にら》まれて、佐々木は苦笑した。

「なんですか」

「ホテルの支配人をしているなら、早く教えてくれれば、ニースまで行ったのに……」

明日、チューリッヒへ行って、三日後に帰国するという。

「この次、いらした時、是非、お出かけ下さい。自分でいうのも気がひけますが、なかなかいいホテルです」

花ホテルの名刺を出した。

「日本人のお客は多いの」

「今のところは、むしろ少ないです。オーナーも日本人ですが、どちらかといえば、外国人につき合いの多い人なので……」

「女性ですってね。とても、きれいな人だとか……」

松岡香苗は、かなりのことを東邦銀行のパリ支店長からきいているようであった。

「お願いというのはね、そのホテルで暫《しばら》くの間、一人、お客様をあずかってもらえないかということなの」

石川洋一という十九歳の青年だという。

「佐々木さんだから、ざっくばらんに打ちあけるけど、その子、あたしの友人の息子さんでね、お父さまはお役人で、けっこういい地位にある人なのよ」

上に姉が三人、長男で末っ子であった。

「子供さんの出来がよくて、お姉さんは三人とも一流大学を卒業して、上のお二人はいいところへお嫁にいらしたのよ。坊っちゃんも小学校時代からトップクラスでね、中学も高校も一流のところを順調に来て、東大も文句なしに合格するっていわれていたのに、どうしたのか落ちてしまったのね」

それまでがあまり優秀といわれすぎ、順風に帆を上げたようだったのが、はじめての挫折である。

「同じ落ちたといっても、ショックが他《ほか》より大きすぎたみたいなの。先生や友人から、お前が落ちるなんて信じられないなんていわれるのが、また、いけないみたい」

ノイローゼというほどではないが、極端に人間嫌いになって、家の外へ出なくなった。

「親が心配して、外国へでも暫くやって、気分転換させようというのだけれど、あんまり日本人の来るところは御当人がいやだというし、といって、御当人さん、外国語は苦が手みたいだから……」

まして、親の身ともなると、日本人の知り合いのあるところでもないと心配で出してやれない。

「スイスかどこかで、いいところはありませんかって頼まれて困っていたら、佐々木さんのホテルのことを聞いて、そこならと思ったんだけど……」

たしかに、花ホテルは彼女のいう条件にはぴったりであった。

「しかし、日本も金持になったというか、その親御さんが過保護なのか、大学にすべったから外国へやってやろうとは、たいしたもんですね」

いささか憮然《ぶぜん》として、佐々木は皮肉をいったが、食事が終る頃には、結局、その青年を花ホテルに滞在させる約束が出来てしまっていた。

「東京へ帰ったら、早速、連絡するから、よろしくお願いしますね」

上機嫌で別れた松岡香苗からの最初の電話連絡が入ったのが、四月のなかばで、その週の木曜日にパリ経由で、ニースへ来るという。

最初は母親が同行する予定だったのが、当人が強く拒否したとかで、パリの乗りかえの世話は東邦銀行の支店長が面倒をみ、花ホテルからは佐々木がニースの空港へ出迎えることになった。

石川洋一は、佐々木が想像したイメージとは少し違っていて、たしかに眼鏡をかけ、神経質そうなところはあったが、背が高く、スポーツ選手のような体つきをしていた。体は大きいが、顔はまだ少年の面影がある。

心細そうにゲイトを出て来たのが、佐々木が近づいて声をかけると、ほっとしたように笑顔をみせた。平凡な若者という感じである。

花ホテルのロビイで出迎えた朝比奈杏子も、佐々木と同じような印象を持ったらしい。

「ようこそ、お待ちしてましたのよ。どうぞ、なんでもおっしゃって、ゆっくりくつろいで下さいな」

杏子が声をかけると、洋一はきまり悪そうにうつむいてしまった。

彼の部屋は、杏子のプライベートルームの真上であった。このホテルでは狭いほうの部屋だが、ベランダからはホテルの庭や、そのむこうの海がよく見渡せて、若者一人が滞在するには贅沢《ぜいたく》すぎる広さである。

最初の日は、旅の疲れが出たらしく、夜の食事もしないでねむってしまった彼は、翌日は早く起き出して、一日中、ホテルの中をうろうろしていた。

岬《みさき》のほうの室内プールへ行って泳いでいるかと思うと、部屋へ戻ってベランダで太陽に当っている。ロビイへ来てフランス語の本を開いたが三十分もしない中《うち》に部屋へ帰るという有様である。

「新しい環境で落付かないんでしょう」

杏子は母親のような眼で彼を眺め、毎日、フランス料理では飽きるだろうと、わざわざ米の飯を炊いて、日本風の食事をさせたりしていた。

日本の親からは二日にあげず、国際電話がかかって来るが、当人はわずらわしがって、取りつがないでくれという。かわりに杏子が電話に出て、彼の日常をこと細かに報告することになった。

「ご大層なものですね。いったい何様だと思っているんだろう」

佐々木は少々、つむじをまげたが、

「なにいっているの。大事なお客様ですよ」

と、杏子にたしなめられてしまった。

実際、彼の滞在費は、一日三食付で大体三百フランのところを、長期ということもあって百九十フラン程度にしているが、それでも日本円で一万円に近い。

いつまで滞在するのかわからないが、日本からの航空運賃を加えると、気分転換の費用にしてはなんとも高いものにつく。

「出来の悪い子供を大学へ入れるのに、何千万も使うという日本のことだから、まあ、この程度はお茶の子さいさいなんでしょう」

気分的には、どうも一つすっきりしないが、一人の客にこだわっているほど佐々木の仕事は暇でもなく、客として割り切るより仕方がなかった。

二

南仏は、春から初夏へ移りかわる、いい季節を迎えていた。

海の青は一日一日と濃くなって、風が雲を吹き払った日は、沖合に島影がみえる。

海の水は、まだ泳ぐにしては冷たかったが、それでも北欧からやって来た客などは、平気で水着になって浜へ出て行く。

客の数も、佐々木が心配したほどでもなく、開業早々のホテルとしては、まあまあであった。もっとも、従業員の数は、この規模のホテルにしては、いくらか多めなので、人件費の高い昨今だから、女主人のやりくりは決して楽ではない筈だ。

佐々木は意識的に自分の給料を低くしていた。杏子が、それではと何回かいったが、夏までは、今のままでいいと強引に抑えた。

特に金を貯《た》めたいという気もなかったし、ホテルで働いている分には食うには困らない。

家族のない気易さでもあった。

ジュッセルドルフから前触れもなく大久保鮎子がやって来たのは、日本なら、ぽつぽつ連休のゴールデンウィークになろうという四月の末であった。

「風邪をこじらせて、すっきりしないものですから、父が心配して、佐々木さんのホテルへ行って静養するように申しましたので……」

フロントでは、そう弁解したが、それにしては予約もなしにやって来たのは可笑《おか》しいと佐々木は、彼女を部屋へ案内してから、すぐジュッセルドルフの大久保彦市へ電話を入れた。

父親はやはり娘が花ホテルへ行ったことを知らなかった。

「パリ経由で、日本へ帰ることになっていたんだよ。日本で縁談があって、見合をする段取りになっていたのだが……」

パリには彼女の友人が結婚して、夫と共に赴任して来ているので、そこに一泊して見合用の服を買って行くという娘の言葉を、父親は信じ切っていた。

「とにかく、鮎子の部屋へ電話をつないでくれ給え」

廻した電話が再び、フロントの佐々木へ戻って来たのは数分後で、

「鮎子がいうには、もう一つ、見合をする決心がかたまらないから、君に相談したいと思ってニース行の便に乗ってしまったそうだ。わたしとしては、娘の好きなようにさせたいので、よろしく頼む」

大久保彦市の声には父親の不安が滲《にじ》み出ている。佐々木三樹にとっては、かつての上司であった。佐々木が妻と離婚するまで何度も繰り返した夫婦のトラブルの際も親身になって骨を折ってくれたこともある。承知しましたといわざるを得なかった。

受話器をおいて顔を上げると、いつの間にか鮎子が下りて来ている。

「お節介ね。佐々木さん」

だが、表情は笑っていて、

「あなたが連絡しなくても、私、夜になったら、父に電話をするつもりでしたのに……」

「それは失礼しました」

神妙に佐々木は会釈をした。

「最初から、気が変ってここへ来たとおっしゃって下されば、よけいなことはしませんでした」

「とにかく、二、三日、泊めて下さい」

つんとしてエレベーターのほうへ歩いて行く。そんな顔は、佐々木がはじめて逢った頃と変らなかった。今から十数年もむかしのことで、彼女は高校生であった。

その頃の大久保彦市はヨーロッパへ単身赴任で来ていて、東京へ出張する度に佐々木は、彼の留守宅へ品物を届けに行った。

それは、娘のためのバーバリイのコートであったり、スイスのチョコレートであったり、大学へ入ったお祝の時計であったりした。

仕事にはきびしい上司が、一人娘には眼のない父親であることが、佐々木の大久保彦市に対する親近感を増したといってよい。

大久保鮎子のことを、佐々木はその夕方、杏子に報告しておいた。

「鮎子さんとおっしゃると、オープンの最初の日のお客様のお一人だったわね」

花ホテルの招待客として父親とやって来た鮎子を、杏子はおぼえていた。

鮎子の夕食のテーブルに挨拶に行った杏子は、食後、彼女をサロンへ誘って軽い食後酒をすすめてからフロントへ来た。

「三樹さん、いつまでもフロントにいないで、少し、お相手をしてあげなさい」

自分はさも用ありげにキッチンのほうへ去った。

フロントには、佐々木の他に男女一名ずつの従業員がいる。

大体の仕事を片づけて、佐々木がサロンへ行ってみると、鮎子はバアへ席を移してブランディを飲んでいた。かなり酔いのまわった顔で佐々木を眺めている。

「少し飲みすぎじゃありませんか」

鮎子がブランディのおかわりをするのをみて、佐々木はたしなめた。

「明日、苦しい思いをしますよ」

「宿酔《ふつかよい》なんて、年中、経験していますわ」

淡いピンクとグレイの入りまじったシルクのワンピースの肩を聳《そび》やかすようにしてみせる。

「あたし、もう二十九です。子供扱いはしないで下さい。結婚だって一度しています。出戻りなんです」

そのことは、勿論《もちろん》、佐々木は知っていた。

大学に在学中に見合結婚をした。相手は名門の一人息子だったが、結婚してわかったことは、ひどいマザーコンプレックスで、夫婦生活は全くなく、一カ月後に実家へ戻って来た。美人だし、父親の社会的地位もいいから、その後も縁談がなかったわけではないが、当人が懲りてしまって、その気にならなかった。

「東京で見合をなさるそうじゃありませんか」

まだ勤務中なので、佐々木はバーテンにいつものと注文をして、それを飲んだ。

「なんですの。それ……」

鮎子が、佐々木の手にしているグラスのなかみを訊ねた。

「ブラディマリーのウォッカ抜きです」

「トマトジュースのことね」

下を向いて笑い出した。ブランディを口へ運ぶテンポがやや遅くなる。

「見合をなさるのに、気が進まないんですか」

佐々木は話を前に戻した。

「結婚なんか、したくないの」

バアの外においてある玉突き台で、鮮やかな音が続いていた。パリから遊びに来ている二組の夫婦は、花ホテルの常連であった。月に一回は必ず来るし、七月には三週間の予約が入っている。

「そうも行かないでしょう」

ボールのぶつかり合う音をききながら佐々木は続けた。大久保彦市が、娘の結婚に心を痛めているのは知っている。この前、このホテルへ来た時も、そんな話をしていた。

「お金を稼げない女は、結婚するより仕方がないのね」

投げやりに、鮎子がいった。

「才能がないってことは、悲しいわ」

「最初の結婚が不幸だったからといって、結婚を怖れることはないでしょう。世の中、マザコンばかりじゃありませんよ」

「佐々木さんは、結婚なさらないの」

反撃のようであった。

「僕は離婚したばかりです。女房を養って行けるだけの生活力もありませんし……」

「こんな、すてきなホテルの支配人じゃありませんか」

「給料が安いんですよ」

実際、前の会社の半分以下であった。

「もっとも、今のところ、それで充分なんですがね」

「あの方が、お好きなんでしょう」

鮎子が眼を上げて、玉突き台のほうをみていた。そこに、杏子が来ていて二組の夫婦とフランス語で話している。

「冗談はいけませんよ」

少しきびしい調子で、佐々木はいった。

「僕が興味を持っているのは、ホテルの経営そのものです。それだけですよ」

「いつか、御自分でホテルをおやりになりたいと思っていらっしゃるの」

鮎子がそっと自分の手を佐々木の手に重ねた。

「父がいっていましたわ。佐々木さんはきっと、そのおつもりだって……」

「夢の夢ですよ」

さりげなく、鮎子の手をとって立たせた。

「今夜は、もうお休みなさい。明日、又、お話をうかがいましょう」

鮎子は素直に歩き出したが、足許《あしもと》がよろめいている。佐々木は彼女を支え、部屋まで送って行った。

三

ホテルの従業員が少々、気を抜くことが出来るのは、午後の僅《わず》かな時間であった。

出発する客は正午がチェックアウトタイムなので、それまでに会計をすませて出て行く。滞在客の昼食時間が終って、その日の客が到着するのは大体、四時あたりから先なので、その間は佐々木もフロントを出て一息つくことが多い。

天気は今日もよかった。

佐々木がプールのある建物へ行ったのは夏の間、そっちにも軽食や飲み物ぐらいは出せるスナックを作りたいと考えていたからである。

一日中、浜辺やプールサイドで過す客のために、どうしても昼食を水着のまま摂《と》れる場所が必要になってくる。

プールでは杏子が泳いでいた。彼女は水泳が好きで、週日のこの時間にはよくプールに来ている。女主人が自分のホテルのプールで泳ぐのはどうかと、佐々木は注意しようと思いながら、彼女があまり気持よさそうに泳ぐので、つい、言い出しかねていた。

プールサイドには海へ向って大きく張り出したテラスがある。そこへ日よけのパラソルをいくつかおいてテーブルを並べ、スナックにするつもりで佐々木が巻尺を出して広さを確認していると、水着のまま、杏子が近づいて来た。紺のワンピースだが、最近の流行で布地が薄く、体にぴったりしているから体型があからさまであった。

もっとも、杏子のプロポーションは日本人ばなれがしていた。腕や脚は長くて細っそりしているのに、胸と腰は豊かに張っていて、服を着ている時よりも肉感的にみえる。

ざっとスナックの説明をしながら、佐々木は意識するまいと思いながら、視線が杏子の豊満な肢体から離れなくて困った。

「ついでに、浜のほうもみて来ます」

杏子から逃げ出すような気分でプールサイドを出ようとして、佐々木は思いがけないところに、石川洋一がいるのを発見した。テラスとは反対のプールサイドのデッキチェアに寝そべって日光浴をしているのだが、彼の視線も亦《また》、水着一枚の杏子に吸いついている。佐々木が彼をみると慌てて海へ顔をそむけたのが、かえってわざとらしかった。ひょっとすると、彼はプールで泳いでいる杏子を眺めるために、そこへ来ていたのではないかと思い、佐々木は不快になった。それほど、十九歳の男の眼は露骨にぎらぎらしていたような気がする。

浜を廻ってフロントへ戻ってくると、ちょうど杏子がプールから引き揚げてくるところであった。水着の上に白いタオル地のワンピースを着て、やはり海水パンツにシャツをひっかけた洋一と肩を並べて来る。なにを話しているのか、洋一の表情が嬉々としていた。このホテルへ来た当座の落付きのなさは嘘《うそ》のように消えてしまっていた。毎日、日光浴をしているので、よく焼けて、その分だけ、たくましくみえる。

そういえば、洋一がよく杏子のプライベートルームで食事をしているのを、佐々木は思い出した。気が小さくて、ダイニングルームへ出て食事をするのが恥かしいといい、自分の部屋へ運ばせていたのを、杏子が一人っきりの食事は寂しいだろうと気を遣ったものである。時々は、杏子の手料理の日本食も御馳走になるらしく、そのおすそわけが佐々木の部屋へ運ばれてくることもある。

あんなチンピラを相手にしても仕方がないと思いながら、やはり佐々木は忌々《いまいま》しかった。

その日のプールサイドでのいやな予感は、翌日になって具体化した。

二階でなにやらメイドがもめているというので佐々木が行ってみると、洋一の部屋の前にメイドが突っ立っていた。一足先に杏子がかけつけて来て、今、部屋の中へ入ったという。

「私を、部屋へ入れさせないのです。お掃除をしに来ましたのに……」

イタリヤ系のメイドは顔色を変えて怒っている。すぐに、杏子が出て来た。

「誤解なのよ。言葉が通じなかったから……」

手に丸めたシーツを持っていて、

「いいから、お掃除をして下さいな」

杏子が階下へ下りるので、佐々木もついて行った。

「いったい、なんだったんですか」

杏子が笑った。

「きまりが悪かったのよ。シーツを汚したので……」

「寝小便でもしたんですか」

うっかりいってしまってから、佐々木は気がついた。十九歳の若い男がシーツを汚して恥かしがっているといえば、気がつかないほうがどうかしている。

「まだ坊やなのよ。かわいいわね」

洗濯室へ行って、シーツを洗濯機へ放り込みながら、杏子はまだ笑っていた。

「あの子、すっかり元気になったわ。大学受験に失敗したぐらいで、くよくよしたのは馬鹿みたいだったっていってるのよ」

「当り前じゃないですか」

馬鹿馬鹿しくなって、佐々木は声を大きくした。

「そんなことが、コートダジュールまで来なけりゃわからないってのが、どうかしていますよ」

「子供の頃から秀才でエリートコースをすいすい来たからなのよ。勉強が出来れば家族から大事にされて、お母様の御自慢の息子だったのね。それも重荷だったんでしょう」

「そんなことは、せいぜい幼稚園の時にいうもんですよ。いったい、いくつになってると思うんですか」

「いいじゃないの。世の中、受験ばかりじゃないって気がついたっていうんだから……」

佐々木は舌打ちして洗濯室を出た。

フロントの前には、鮎子が待っていた。

「大学に落ちてノイローゼの子が滞在しているんですって」

誰から聞いたのか面白そうであった。

「世の中、いろいろな人がいるのね」

彼女は終日、フロントの近くにいて佐々木に話しかける。佐々木にとっては、いささか迷惑であった。従業員達は好奇の眼で佐々木と鮎子を眺めている。

週末で、その日はけっこういそがしかった。

鮎子の話相手をしてやる時間もない中に夜になった。

東京の石川洋一の母親から電話があったのが九時すぎで、部屋へつないだが、洋一は居なかった。

バアにもサロンにも見当らないので、佐々木は庭を探し、プールサイドを見廻ってから浜へ下りて行った。

話し声が聞えたのは、浜へ下りる石段の下のあたりで、そこには洒落《しゃ》れたベンチがおいてある。

声は洋一であった。ベンチに女がすわっている。水着の上にガウンを着て、二人とも髪が濡れているのは、海で泳いでいたものらしい。

「僕、あなたが好きなんです」

洋一の思いつめたような言葉が聞こえて、佐々木はぎょっとして足を止めた。

「女の人が、こんなにきれいだったなんて、生れてはじめてだ」

洋一はベンチにすわっている杏子の両脚を抱くような恰好《かっこう》でひざまずいている。杏子は彼の髪を片手で撫《な》でていた。息子のような年の男のすることを笑いながら許容している態度である。

洋一が彼女の膝に顔を伏せた時、佐々木は我慢が出来なくなって、石段を靴音高く下りて行った。慌てて洋一が杏子から離れる。佐々木は彼を睨みつけた。

「君、東京から電話だよ」

客にいう言葉ではなくなっているのに、佐々木自身は気がつかない。

洋一が反抗的な眼をした。

「居ないといって下さい」

「冗談じゃない。こんな時間に君がホテルに居なかったら、僕らは君の御両親に釈明が出来ない」

佐々木の調子が険悪なのを、洋一は悟ったようであった。黙って石段をかけ上って行く。

佐々木は女主人に視線を戻した。杏子の眼が笑っている。

「なにを、かっかしているのよ」

「あんまり馬鹿げたことはしないで下さい。あなたはこのホテルの主人なんですよ」

波の音に負けない声でどなった。幸い、あたりに人はいない。

「お客様の悩みをきいてあげただけよ」

夜の海は岬に立てたいくつもの照明で明るく輝いていた。左の入江にエズの町の灯がみえる。

「あの子、今までガールフレンド一人作るひまがなかったんですって。勉強、勉強で、お母様がつきっきりだったから……」

「そういうのがマザコンになるんですよ」

大久保鮎子の離婚した相手を思い出した。

「母親から自分を解放する方法を教えてやればいいんだわ。そうしたら、マザーコンプレックスなんかにならないでしょう」

波が、杏子のすわっているベンチの近くまで寄せていた。この辺りの海岸はハワイのような珊瑚礁《さんごしょう》ではないから、砂の色は黒くてざらざらしている。

「佐々木さん、初体験はおいくつ……」

杏子が大胆な発言をした。

「あの年頃では、もう、知っていたんでしょう」

答える気にならず、佐々木は海をみていた。

フロントへ戻らなければと、しきりに思う。

「あの子、抱いてやったら、人生観が変るかもね」

さらりと杏子がいってのけ、佐々木は夜の中で眼をむいた。杏子は華やかな笑い声を立てて石段を上って行く。ふりむいて、佐々木にいった。

「冗談よ、佐々木さん」

フロントへ戻った佐々木は頭痛をもて余していた。腹の中で忌々しさが煮えていた。女というのは、あんな息子のような男を抱きたがるのかと思う。むかし、商売女の中に初体験の男を好んで相手にするのがいるというような話を聞いたことがあった。男に処女願望があるのと同じく、女にも童貞愛玩《あいがん》の気持があるのだろうか。不愉快をもて余して、その晩、佐々木は寝そびれた。

四

佐々木も、杏子も知らなかったことだが、洋一が佐々木に追い立てられて、夜の浜辺から石段を上ってくると、そこに鮎子が立っていた。大胆なビキニの水着で、手にビーチガウンを下げている。足を止めた洋一に、一人言のようにいった。

「海へ行こうと思ったんだけど、まだ寒そうね」

鮎子が先に立ち、洋一は外燈の照明で鮎子のセミヌードを背後から眺めながら歩いて行く恰好になった。杏子ほど豊満ではないが、二十九歳の女躰《にょたい》は、なかなかのものだ。

「プールへ寄らない」

鮎子が声をかけ、洋一は、ためらった。

「お袋から電話がかかっているんだ」

「馬鹿ね。とっくに切れてますよ。あとでかけ直せばいいじゃないの」

年上の女は、若い男の手をひっぱって屋内プールへ入って行った。

この建物の中に人の気配はない。

「いらっしゃいよ」

鮎子が水にとび込み、洋一をうながした。少し泳ぐとビキニの水着は胸がめくれた。

「泳ぎにくいわ」

水の中で鮎子は水着を脱ぎ捨てた。

「あなたも脱がなくては駄目よ」

逃げ廻る洋一を追い廻して、鮎子は男の水着に手をかけた。若い男は自分の本能に忠実な肉体を、年上の女の前にさらけ出している。

「かわいいのね、あなたって……」

手をのばして男を抱きよせながら、鮎子は自分が未経験な女であることを忘れているようであった。

翌日、佐々木は前夜からの頭痛で苛々《いらいら》しながらフロントに立っていた。

午前中のフロントは多忙であったが、それでも彼の脳裡《のうり》には仕事以外の妄想がこびりついている。

杏子はいつものように、客を送り出すためにロビイに出ていた。一人一人に丁重に礼をいって、玄関まで送り出す。女主人の優雅な物腰からは、十九歳の男を一人前にしてやりたいといった昨夜の大胆な彼女は想像もつかないようである。

佐々木は杏子の顔をみないようにした。杏子も、佐々木に声もかけない。

一日がぎこちなく過ぎて、佐々木はその日、いつもフロントのあたりをうろうろする鮎子が、まるで彼の前に姿をみせないことにもうっかりしていた。

鮎子を確認したのは、夜の食事の時である。

驚いたことに、ダイニングルームのテーブルについている鮎子は一人ではなかった。向い合せに石川洋一がすわっている。

みていると、二人は特に親しげに話をするふうでもなく、食事がすむと揃《そろ》ってエレベーターのほうへ去った。

「マネージャーは、御存じですか」

フロントの事務員の一人であるアントニオに声をかけられて、佐々木は我に返った。

「ミス大久保とミスタ石川から、明日の航空便のリザーベイションを依頼されています」

早朝にニースを発ってパリ行の便と、パリから成田までの便の、座席の確保をすませたという。

「お二人とも、明日、御出発ということですが……」

「いや、僕はきいていないよ」

うろたえたのは、石川洋一はともかく、鮎子が彼に相談もなくホテルを発つとは思えなかったからである。

仕事にかまけて、あまり相談にものってやらなかったので、腹を立てたのかと思った。

「ちょっと、きいて来る」

二階の部屋へ行ってみると睡眠中の札が出ていて、軽くノックをしても返事がない。

仕方なく佐々木は一階へ下りて庭から二階の部屋を眺めた。

鮎子の部屋はカーテンも閉って、灯も消えている。時計をみると十時を過ぎている。明日の帰国に備えて早寝をしたのかと思った。

隣の部屋は、まだスタンドの灯がついていた。レースのカーテンのむこうに人影が動いている。考えてみると、その部屋は石川洋一であった。彼も明日、ここを発つというのだから、荷作りでもしているのかとみていると、急に人影が二つになった。大胆なことにカーテン越しのシルエットは、どちらも裸で抱き合っている。

気がついた時、佐々木は女主人のプライベートルームのドアを叩いていた。

「なあに……」

返事がして、杏子がドアを開ける。白いブラウスに黒いスカートという恰好で、手には今までみていたらしいホテルの帳簿を持っていた。夏の予約名簿で、昨日、佐々木が一応、目を通しておいてくれと渡したものである。

「どうかしたの」

いつもの声で訊《き》かれて、佐々木はうろたえた。てっきり、石川洋一の部屋にいた女は杏子だと思い込んでいたからである。

「御存じですか。石川洋一君が、明日、発つことです」

辛うじて姿勢を立て直す。

「いいえ、きいていませんよ。彼とは今日、話をしなかったわ」

「帰国便の予約をフロントへいって来ているんですがね」

杏子はちょっと首をかしげたが、

「お母様が恋しくなったんじゃない」

艶然と笑っている。尻尾《しっぽ》を巻いたような気分で、佐々木はフロントへ引き上げた。

その夜は、佐々木が宿直であった。

週末でいつもより客が多かったが、それでも午前二時をすぎるとひっそり寝静まってしまう。

鮎子がフロントに立った時、佐々木は昨夜からの睡眠不足でうつらうつらしていたらしい。それでも、はっと眼がさめたのは、彼女の小さな靴音のためである。

「お疲れみたいね」

鮎子はゆったりしたガウンのようなドレスを着ていた。

「私、朝、発ちます」

「見合をなさる決心がついたんですか」

彼女が、どことなくきらきらしているのに佐々木は気がついた。最初の結婚に失敗して以来、翳《かげ》のように、彼女にこびりついていた暗いものが消えてしまっている。

眼も、口のきき方もいきいきしている。

「ええ、そうなんです。結婚する自信が出来ましたわ」

見合をして、相手が気に入ったら結婚するという。

「どういう心境の変化なんですか」

サロンの椅子へ彼女をすわらせて、佐々木は鮎子にはブランディを、自分にはオレンジジュースをグラスに注いだ。

「いい旅立ちなら、乾盃《かんぱい》しますが……」

「いい旅立ちですわ」

相変らず、よく輝く眼で鮎子が佐々木をみつめた。

「私、ずっと重荷でしたの。自分が処女だってことです」

一度、結婚したのに性経験のないということが、みじめで恥かしかった、と鮎子は男の佐々木が想像もつかなかった気持を告白した。

「うまくいえませんけど、要するに二十九にもなって、男を知らないなんて、自分が頼りなくて、いやだったんです」

佐々木に、なにをいわせる暇もなく、鮎子は胸をそらせた。

「でも、あたし、もう一人前なのよ」

ひらめくように、佐々木は石川洋一の部屋の中の人影を思い出した。

「まさか、十九歳の……」

鮎子が笑った。たのしくてたまらないという笑顔である。

「年下の子って、年上の女がいいんですってね」

佐々木は顔色を変えた。大久保彦市は佐々木を信頼して花ホテルに娘を滞在させたのであった。とんでもないことになったではすまされない。

「本気なんですか。相手は十歳も年下の、まだ大学にも入っていない……」

「関係ないのよ」

鮎子は完全に上位に立っていた。

「あたし達、一緒に帰国するけど、成田でさようならよ。あとくされはないことになっているの」

洋一は女を知って人生の広さを悟ったし、自分は男に抱かれてみて、結婚への自信がついたと鮎子はいった。

「それでおしまいよ。だから、いい旅立ちじゃありませんか」

ブランディのグラスを上げて一気に飲み干した。

「ハネムーンには、ここへ来るかも……」

サロンを出て行く後姿が颯爽《さっそう》としている。飲み残しのオレンジジュースを手にして、佐々木はフロントへ戻った。

石川洋一と大久保鮎子が出発したのは、午前七時であった。

タクシーに荷物を積み込むのは洋一が受け持ち、運転手にニース空港と指示するのは鮎子であった。

朝の陽の中に並んでタクシーに乗った二人は、どうみても姉弟である。どちらも、さばさばした表情で佐々木に手をふって去った。

鮎子は本当は自分に求婚するつもりで花ホテルへやって来たのではないかと思い、佐々木は自分のうぬぼれに苦笑した。

五月になった花ホテルの玄関の前には、オレンジの花が満開になっている。

新婚客

一

コートダジュールは、七月のなかばになって本格的な夏になった。

最近のパリでは、いわゆる管理職クラスは六月に、はやばやとバカンスを取り、ホワイトカラーが七月、ブルーカラーが八月といわれているが、花ホテルのあるエズの町を中心とした、カンヌ、ニース、モンテカルロのような高級リゾート地の高級ホテルに滞在する客は、七、八月も無論、或る程度以上のハイクラスときまっている。

パリではここ数年世界的なインフレの波をかぶって、不景気風が吹きまくり、おまけに社会党の天下になってフランも下ったというのに、バカンスの季節になると例年と変りなく、大多数がリゾート地へ金を落しにやってくる。

今年、オープンしたばかりの花ホテルも、七、八月はまず連日、予約で満室になっていた。

アルバイトの従業員の数も増やしたが、それでも人手が足りないほどの盛況であった。

ミラノから、浜口啓太郎が電話をして来たのは、そんな時で、

「すまんが、来週の月曜日から五日間、一室、都合してもらえないか」

言い難そうに切り出した。

「休みがとれたのか」

もともと、佐々木三樹を、このホテルへマネージャーとして紹介したのも彼であったし、女主人の朝比奈杏子とも以前からの知り合いである。

「冗談じゃない、俺がバカンスにそんな高級ホテルへ泊れるものか」

「ミラノで一番の高級布地屋の、ばりばりの営業マンが、なにをいうか」

気心の知れた仲だから、佐々木も遠慮のない声で笑った。

「お前が来るなら、とっときの部屋をサービスしてやるよ」

「その部屋をハネムーンにまわしてくれよ」

「いつ、結婚したんだ」

「今度の日曜なんだ」

「水くさいぞ。どうしてもっと早くに知らせなかった」

「俺じゃないよ。うちと取引のある大阪の布地屋の悴《せがれ》だ」

日曜の夜、成田を発ってパリ経由でニースへ来るという。

「実をいうと、ニースのNホテルを予約してあったらしいが、なにかの手違いで部屋がとれていなかったそうだ。それで、うちの上役のほうに、なんとかいいホテルを紹介してくれと泣きついて来てね」

シーズン中のコートダジュールの一流ホテルは、どこも一杯で旅行社もお手あげだったらしい。

「お前のところで、なんとかしてもらえるとまことに助かるんだが……」

「いいとも、お安い御用だ」

花ホテルは全部で三十五室あるが、予約をいつも、佐々木は三十四室でストップしておいた。必ず一室は、よくよくのことでもない限り、ぎりぎりまで空けておく。

「月曜から五泊だな」

「有難《グラッツェ》う。恩に着るよ」

浜口は喜んで、早速、その新婚客の名を告げた。新郎が朝妻弘志、新婦が三根子。

「ニース到着は午後二時半。出迎えは俺が行くんだ」

「旅行中の面倒もみるのか」

「これも商売の中《うち》さ」

「残念ながら、お前の部屋はもうないよ。俺の部屋へ補助ベッドを入れておく」

「それで充分だ。重ね重ね、すまん」

浜口啓太郎の電話が切れてから、佐々木は女主人のところへ、その旨を報告に行った。

杏子は調理場でシェフのボブ・フォルランと献立の打ち合せをしていたが、

「浜口さんには、いろいろお世話になっているから、お役に立ててよかったわ」

メニュウを抱えて、佐々木と一緒に調理場を出た。

「うちにハネムーンのお客を迎えるの、はじめてじゃないの」

そういわれてみるとオープン以来、新婚客は一組もなかった。

「この際、ハネムーンのお客様の特別サービスを考えないと……」

部屋に花を飾ったり、果物とシャンペンのサービスをする他《ほか》に、なにか、記念品のようなものをプレゼントしたいと杏子はいった。

「その点はおまかせしますが、あんまり気ばらないで下さい。日本からの新婚旅行のメッカにでもなったら大変ですからね」

新婚旅行は、とかく厄介だということを漠然ときいていた佐々木は、そういって笑ったものだったが、やがて月曜の午後になった。

浜口啓太郎の特徴のある声が、威勢よく花ホテルの玄関を入って来たのは、四時少し前で、フロントにいた佐々木はすぐに出迎えた。

浜口のあとから入って来た朝妻弘志は、やや小柄で眼鏡をかけていたが、スポーツでもやっていたようながっしりした体つきをしている。新婦も小柄であった。瘦《や》せていて眼がひどく大きくみえる。顔色が悪いのは、結婚式の直後に成田から旅立つというスケジュールの疲労のようであった。

「おめでとうございます。お待ちして居りましたのよ」

いつの間に出て来たのか、杏子が新婚の客に声をかけた。紺のスカートに白のシャツブラウスで、金のイヤリングをしている。そんな恰好でも女主人の貫禄は充分であった。

浜口が朝妻夫婦を紹介し、ポーターが白いスーツケースを運んだ。

部屋は三階の角のスイートであった。

「あの御夫婦、お見合結婚でしょう」

ロビイへ戻ってくると、杏子は少し、浮き浮きした調子で浜口に話しかけた。

フロントに一番近いテラスのテーブルに飲み物を運ばせて、浜口と向い合っている。

「どうして、わかりました」

「そりゃなんとなく。親しそうにしていても、ぎこちないところがあったでしょう」

「見合は見合ですが、半年以上も交際して結婚したそうですよ」

ニースからこのホテルへ来るまでの車の中で浜口は新婚夫婦のなれそめをいろいろ訊《き》いて来たらしい。

「旦那のほうは、大学時代サッカーの選手だったとかでゴルフはシングルの腕前で、スキーもテニスもプロ並みなんだそうですよ」

そういう意味では典型的な金持の坊ちゃんであった。

「もっとも、大阪商人の息子だけあって、金銭的にはなかなか、しっかりしています」

新婦のほうは東京で、父親は役人だという。

「いわゆるエリート官僚というのですかね。なかなかの名門らしいですよ」

そんな会話はフロントで宿泊客カードの整理をしている佐々木の耳にも聞こえている。

宿泊客カードに記載されている朝妻弘志の職業は会社役員で、これは父親の経営する布地会社のしかるべきポストについているのに違いなかった。年齢は二十八歳。まあ身を固めるのには適当な年頃であった。新婦は三歳年下で、これも四年制の大学を卒業すれば二十二、三になるわけだからそれから縁談となると、どうしてもこれぐらいになる。

平均的なカップルといった印象で、佐々木は宿泊客カードをしまった。

夏のバカンスで滞在客の多い花ホテルは、この時間になると、岬《みさき》のほうのプールや、プライベートビーチから引きあげてくる客が庭伝いにテラスを抜けて、自分達の部屋へ戻って行く。

ホテル内の美容室が混むのも、この時間からで、昼間の汗を流した客たちはドレスアップしてリゾート地の夜を迎えるのであった。

「順調らしいな」

フロントにいる佐々木のところへ浜口がやって来た。杏子は奥へ去ったらしい。

「一年目の夏にしては、上等だろうね」

「マダムが喜んでいたよ。お前が居なかったら、とても、こうは行かなかっただろうとさ」

「そりゃ、俺を紹介したお前への社交辞令だよ」

「杏子さんは、お前を信じ切っているな」

「その中、化けの皮がはがれるだろう」

そんな話をしている中にも、予約客が到着し、フロントの電話が鳴る。

浜口は、まめな男で、いつの間にかここの従業員のような顔をして、さりげなく手伝っていた。そもそも、オープンの時にも助《すけ》っ人《と》に来ているから、ホテルの内情にはくわしい。

南フランスは天気が良い限り、なかなか日が暮れなかった。

パリでも、この季節はサマータイムの関係もあって、八時すぎまで明るいが、コートダジュールもすっかり夜らしくなるのは九時を過ぎてからである。

ダイニングルームは夏の間だけ、その隣のパーティ用の小さなホールも仕切りのドアを開けはなって食堂として使用していた。そうでもしないと、とても客の数に間に合わない。

滞在客だけではなく、このホテルのダイニングルームを利用するのは、エズの町に別荘を持っている人々や、時にはモナコやニースあたりからもやってくる。

それだけ、食事が旨《うま》いという定評が出来たせいで、シェフのフォルランは御機嫌であった。

花ホテルの滞在客の中には、夕食を早めにすませて、カジノへ出かける者もいた。

自分で車を呼んで出かけるのもあったが、時には佐々木がホテルの車を運転してモンテカルロのカジノまで送迎することもあった。

シーズン中は水曜と土曜の夜にカジノ案内の車を出すことに決めている。

七時にダイニングルームが開いたが、朝妻夫妻は下りて来なかった。

「疲れて、寝ているのかな」

浜口は、にやにやしていた。

「式を挙げて、披露宴やって、その足でハネムーンだろう。第一夜は機内だったんだから、新郎としては、ここまでおあずけをくったわけだ」

「今どきの若い連中が、そんな行儀のいいことするもんか、とっくに初夜は済んでるだろう」

まわりの従業員が殆んど日本語を解さないのをいいことに、佐々木もやり返した。

「俺の勘では、まだだよ。婚前交渉があれば、花嫁があんなに緊張しているわけがない」

「わかったようなことをいいやがる」

「その中、二人ともせいせいした顔で下りてくるさ」

だが、十時になっても、新婚の二人は姿をみせなかった。浜口が部屋の前まで行ってみると「就寝中」の札が出ている。

「時差もあるからな。変な時間に眼をさまして、腹が減ったなんてことがあるかも知れない」

浜口はよく気のつく男で、フォルランにサンドウィッチを作らせて、真夜中の軽食サービスの用意もしておいたが、とうとう、深夜まで音沙汰がなかった。

二

翌日、朝妻弘志と三根子は、八時にダイニングルームへ下りて来た。

二人共、よく寝足りた顔である。食事がすむと、浜口が佐々木の車を運転して、二人を観光に連れ出した。

一日中、ニースやカンヌを周遊して、ホテルへ戻って来たのは夕方であった。

「新婚さんのガイドほど、阿呆らしいものはないだろう」

佐々木の部屋でシャワーを使っている浜口のところへビールを運んでやって冷やかした。

「それがそうでもないんだよ」

濡れた髪をごしごし拭きながら、浜口が苦笑した。

「まあ、べたべたしてないこともないんだがね。嫁さんのほうが、もう一つ、打ちとけていないんだ。ひょっとすると、昨夜はくたびれすぎて、旦那は不覚にも寝すごしたって奴かも知れないよ」

「お前は、初夜にこだわりすぎるぞ」

佐々木も笑った。

「思いやりのある男なら、疲労困憊《こんぱい》している花嫁を抱くのは遠慮するだろう。慌てなくとも、嫁さんはいやでも毎晩、隣へ寝るんだ」

「そういえば、お前、そっちのほうは、どうしているんだ」

湯上りのビールで真赤になった浜口が不意にいった。

「今はとにかく、一生、独りというわけにも行かないだろう」

「女は、もういいよ」

一度、結婚に失敗している佐々木であった。

「結婚に懲りたからって、女なしというわけじゃないだろう」

離婚で紛糾した直後、佐々木がかなり放埒《ほうらつ》な生活を持ったことを知っている友人であった。

「ここはモナコにもニースにも近いんだ。その気になれば、適当にやれるさ」

笑ってごま化すより仕方がなかった。事実、ニースにも、モナコのカジノにもその種の女は少なくなかった。週に二度、花ホテルの客をカジノへ案内すれば、その客の中には女を欲しがる者もいた。いわば客へのサービスのために、佐々木がモナコで知り合った女たちも何人かいる。花ホテルへ泊るほどの客は、身許《みもと》がきちんとしているから、彼女達も佐々木の斡旋《あっせん》を喜んだし、佐々木のほうも常連の客に問題のある女は紹介出来ないから、そっちの筋にも手を廻して、安心のおける女たちと親しくなった。時には、彼女たちと食事を一緒にしたり、酒を飲むこともある。しかし、佐々木はその女たちの誰とも寝たことはなかった。

正直にいえば、花ホテルで働くようになってから、女に触れていない。

だが、そんなことは浜口にもいえなかった。

「成程、それでお前、水曜と土曜にモナコへ出かけることを考えついたのか」

客をカジノへ案内すれば、帰りは夜更けになった。

その気になれば、女と遊ぶ時間は充分にあったし、事実、女から持ちかけられたこともなかったわけではない。

「特定のがいるのか。それとも、よりどりみどりかい」

羨《うらやま》しそうに浜口がいった時、ドアの外に小さな足音がした。

この部屋へ入った時、佐々木はドアを半開きのままにしておいた。二人の会話は廊下に筒抜けの筈《はず》である。

立ち上って、佐々木は部屋を出た。廊下のむこうに歩いて行く杏子の後姿がある。

ドアの外にいたのは杏子かと思った。通りすがりに、男同士の会話を耳にしたかも知れない。

佐々木は、ちょっと当惑した。モナコへ客を案内して、その都度、女と寝てくると杏子に誤解されるのは心外であった。といって、追いついて弁解するのも可笑《おか》しかった。

二日目の夜に、朝妻夫妻ははじめてダイニングルームで夕食をとった。浜口は一応、遠慮したが、朝妻弘志に誘われて同席した。

「どうも、なんだか、一つ、しっくりしていないな」

食事をすませて部屋へ戻って行く夫婦と別れて佐々木のいるフロントへやって来た浜口が、呟《つぶや》いた。

「嫁さんが、やけに固くなっているんだよ」

食欲が殆んどなく、ワインをかなり飲んだのに、酔いもしないという。

「近頃の女は、酒にも強いんだよ」

新婚夫婦の世話をまかされて、やきもきしている浜口が可笑しかった。

「お前の想像通り、今夜がはじめてなら、女性は固くもなるさ」

「それにしても、ぎくしゃくしすぎてるんだよ」

「処女なら、そんなものだろう」

浜口はしきりに首をひねっていたが、佐々木が相手にしないので、先に寝るといい、部屋へ去った。一日のドライブの疲れが出て、如何《いか》にも睡《ねむ》そうな後姿であった。

十一時をすぎた頃、佐々木はエレベーターから朝妻弘志が下りてくるのをみた。ロビイの奥にあるバアへすわって、酒を飲んでいる。一人であった。新婚の夫が、妻を部屋へ残して酒を飲みに来るというのは奇妙であった。

それとなくみていると、ウイスキーのグラスをとりかえるのが、異常なほど早い。

フロントを出て、佐々木は、彼に近づいた。

「如何《いかが》ですか。なにか当ホテルに行き届かないことがございましたら、遠慮なくお申しつけ下さい」

声をかけながら、彼の顔をみると酔いのためか、えらく険悪な表情である。

「君、もう一部屋、都合つけてくれないかね」

だしぬけだったので、佐々木は意味をはかりかねた。

「もう一室、あいて居らんかときいているんやがな」

苛々した語尾に大阪弁が出た。

「部屋はあいにく全部、ふさがって居りますが、今の部屋で、なにかお気に召さない点がございますか」

このホテルの最上の部屋でこそなかったがスイートを無理してあけたのであった。

「そういうことやないがな」

急に椅子から下りた。伝票にサインもせず、バーテンにチップもやらないで、さっさとエレベーターへ戻って行く。

あっけにとられて、佐々木はフロントへ帰った。新婚早々、夫婦喧嘩《げんか》でもしたのかと思う。

フロントの前に、朝妻三根子が立ったのは、それから十五分ばかりしてであった。

「申しわけありません。どんなお部屋でもけっこうですが、一部屋、あいていませんでしょうか」

細い声でうつむいたままいう、彼女の顔は泣き腫《は》れていた。着ている服は夕食の時のものである。

いよいよ、これは夫婦喧嘩だと思い、佐々木は彼女をロビイのすみへ連れて行った。

「あいにく、部屋はございませんが……」

そのことは、さっき、彼女の夫にも告げた筈である。

「でしたら、けっこうです。このロビイのすみで、夜のあけるのを待ちます」

彼女の口から酒の匂いがした。ワインをかなり飲んだと浜口がいっていたが、その夕食から三時間も経っている。部屋でウイスキーでも飲んだのかも知れなかった。

「いったい、どうなさったのですか、おさしつかえなかったら、事情をおきかせ願えませんか」

ホテルマネージャーとしては、そういわざるを得なかった。若い女性客をロビイで夜あかしさせるわけには行かない。

「佐々木さんでしたわね」

三根子は昨日、自己紹介をした佐々木の名前をおぼえていた。

「そうです。マネージャーの佐々木ですが」

「結婚していらっしゃいますの」

酔った眼で、まっすぐ佐々木をみつめてくる。

「結婚の経験はありますが……現在は一人です」

「奥様と離婚なさったんですか」

若い女の眼がぎらぎら輝いているようで、佐々木はつい、視線を逸《そ》らせた。

「離婚の原因はなんですか。奥様が処女じゃなかったからですか」

三根子の細い手が、佐々木の腕を摑《つか》み、佐々木は少々、慌てた。こんなとんでもないことをいわれたのは、はじめてである。

「離婚理由は、性格の不一致です。勿論《もちろん》、さまざまの具体的な事情があってのことですが、奥様のいわれるような理由ではありませんが……」

すがりついていた女の手に或る力が加わった。三根子は自分から佐々木に抱きついて、声をあげて泣き出している。

客の姿はなかったが、フロントには宿直の従業員がいる。佐々木は面くらい、三根子をもて余した。

「佐々木さん、どうなさったの」

佐々木にとっては、救いの神のような声がして、杏子が背後に立った。彼女がいつもつけている香水の匂いが、今夜はいつもよりも濃いことに、その時の佐々木は気づかなかった。それほど、周章狼狽《ろうばい》していたようである。

三

杏子の部屋へ落付いて、三根子は最初、くちごもりながら、すぐ大胆に、告白をはじめた。神経が疲れ切っていて、ヒステリックになっている。

「あたし、部屋から追い出されたんです。お前のような汚い女と一緒の部屋には寝れないといわれました」

声は泣きじゃくっていたが、彼女の眼からは、もう涙が出ていなかった。

佐々木が杏子をみた。新婚の夫が妻を汚いと罵倒《ばとう》するのは、よくよくである。

「理由は、なんですの」

杏子の声は冷静であった。佐々木がきいていると、むしろ、非情な響きさえある。

「あたしが処女じゃなかったからです」

投げ出すような言い方であった。

「告白なさったの、それとも……」

「あたしから話したんです。母が絶対、喋《しゃべ》ってはいけないっていったのに……あんまり、あの人が根掘り葉掘り、訊くものだから……それに、あたし、結婚したら、夫婦の間にかくしごとはないほうがいいと思ったし……」

やれやれと佐々木は憂鬱《ゆううつ》になった。まるで女性雑誌の身の上相談だと思う。

「御主人が、許さないとおっしゃったの」

「ええ、処女だと信じて結婚したのに、欺《だま》されたって……」

「でも、愛し合って結婚なさったんでしょう」

杏子はグラスに氷を入れ、リキュールを注いで三根子に渡した。三根子はむさぼるように、それを飲む。

もう飲ませないほうがいいのに、と佐々木は眺めていた。

「彼は日本へ帰ったら、仲人になにもかも話して別れるっていってます。あたしのほうへ慰謝料も請求するって……」

結婚式や披露宴の費用一切と、世間へ恥をさらした慰謝料だという。

「あなたは、どうなさるの」

「仕方がないです。あたしが悪いんですから……でも、慰謝料だなんて……、そんなお金うちじゃ出せません。第一、恥かしくてあたし……生きていられません、こんなことになってしまって……」

彼女の下に妹が二人と、弟が二人いるといった。

「みんなに迷惑がかかります、もうどうしていいか……」

ドアがノックされた。朝妻弘志が心配して来たのかと思ったが、そうではなくて浜口であった。

「眼がさめて、お前が部屋へ戻って来ないから、フロントへ行ってみたら、どうも可笑しなことらしいというんでね」

佐々木は、三根子を杏子にまかせて、浜口とロビイへ戻った。ざっと事情を説明したところへ、杏子が来た。

「三根子さん、寝たわ」

リキュールに睡眠薬を入れたという。

「寝かさないと仕方がないじゃないの」

「えらいことになりましたね」

浜口は茫然《ぼうぜん》としていた。

「とにかく、夜があけたら、僕が弘志君と話し合いましょう」

それにしても、処女でなかったから結婚を解消するという男の言い分に浜口も佐々木も驚いている。

「でも、男の人って本質的にそうなんじゃありません。自分は適当に後くされのない女と遊んでおいて、いざ、結婚となると汚れのない処女がいいって……それが、男の本音よ」

皮肉な視線を感じて佐々木が顔を上げると、杏子はつんとして背をむけた。

翌朝、九時に朝妻弘志は食事に下りて来た。

あんな事件があったというのに、寝不足という様子もない。

「奥さんは、ここの主人の部屋に寝かせましたので……」

浜口が報告しても、礼をいう気もないようである。

食事の間中、話をしていた浜口がやがてフロントへ来た。

「彼だけ観光に出かけたいというから、案内してくる。すまないが、奥さんのほうをよろしくたのむ」

「日本へ帰るんじゃなかったのか」

浜口の説得が効を奏したのかと思った。

「旅行は予定通り続けるというんだ。折角、高い金を払って来たのに、もったいないというんだな」

離婚の考えは変らず、

「奥さんのほうは、どうとも好きなようにさせてくれ、といっている」

「あきれた奴だな」

佐々木がフロントから眺めていると、朝妻弘志は昨日、ニースで買ったという派手なリゾートウェアで、浜口をうながし、むしろ、陽気な顔で出かけて行った。

三根子のほうは、杏子がつききりで話をきいてやったり、はげましたりしているようだったが、午後になると、やや落付いたらしく、東京へ電話をして、母親と今後のことを相談したりしている。

「親が心配して、ここまで迎えに来るらしいわ。どっちみち、もう自殺する気はなくなっているみたいだけど」

遅い昼食を佐々木がフロントの裏の従業員控室で食べていると杏子が入って来た。

「たいした過去ってわけでもないのよ。大学の時のボーイフレンドで、半年ぐらい、つき合ったんですって」

「そいつと結婚出来なかったんですか」

「親も反対だったし、当人も結婚までは決心出来なかったみたい。とっくに別れて、その人は、もう結婚しているそうよ」

「軽率だな」

近頃の若い女はといいたいのを、佐々木は抑えた。三十八歳で、今から老人の口真似をするつもりはない。第一、自分とても、結婚に失敗した過去がある。人のことをとやかくいえた義理ではなかった。

「女の過去って、そんなに気になるもの」

ぽつんと杏子がいい、佐々木は反論した。

「愛していたら、問題にならんでしょう」

「男の人には独占欲があるでしょう。愛していればいるほど、何故《なぜ》、自分一人のものでいてくれなかったかって思うものじゃありません」

「男にもよるでしょうがね」

「佐々木さんは、どうなの」

「めぐり合った時に、すでにその人に過去があったのなら、とやかくいうのは野暮じゃありませんか。こだわるのは男の屑《くず》ですよ」

杏子は窓の外へ眼を逸らし、黙って出て行った。

夕方、浜口が朝妻弘志と帰って来た。弘志は三根子がどうなったかも聞かず、平然と部屋へ上って行った。

三根子の荷物は、彼の留守中に杏子の部屋へ移してあった。

「親御さんがみえるまで、おあずかりしますって、電話で申し上げましたのよ」

杏子が浜口にいい、浜口が大きな嘆息をついた。

「実は、いろいろ彼に訊いたんですがね、彼、童貞なんだそうですよ。だから、その、よけいに、奥さんの処女性にこだわったんでしょうかね」

その気持はわからないでもないが、

「金持は、けちだというのは本当ですね」

昼食の時も、電卓を出して今度の結婚費用をはじき出しては、慰謝料の計算をしているという。

「相手の家が固い役人で、貧乏人じゃないが、金にそれほど余裕がないのも承知で、べらぼうな請求をしようというのだから、いささか、いやらしいですよ」

昨日と今日の昼食代も、勿論、浜口に支払わせるのを当然としているし、おごってもらっても、ごちそうさまでもない。

「金がないならとにかく、財布の中は蛙《かえる》の腹みたいにふくらんでいて、おまけにキャッシュレスカードで、手当り次第に買い物をするんですから、ひがむつもりはありませんが、いい加減、うんざりしますね」

取引先の息子の悪口をいってはまずいがと弁解しながら、浜口はよくよく朝妻弘志という青年に愛想を尽かしたようであった。

この日は水曜であった。

佐々木がカジノへ希望者を案内する夜である。フロントに、あらかじめ、その旨が張り出されていて、規定の時間に集ったのは十人ばかりであった。三組の夫婦と四人の男性である。

マイクロバスに乗る時になって、浜口がとんで来た。

「彼が行きたいというのでね。すまないが……」

佐々木が運転席からみていると、朝妻弘志は白いタキシードでやって来た。

花ホテルからモンテカルロのカジノまでは三十分とかからなかった。

いつものように、ざっと客に説明をしてから佐々木はすっかり顔なじみになったカジノの従業員たちに挨拶をして庭へ出た。

夜の海は穏やかで、天上には星がまばらに光っていた。

エズの花ホテルの庭からみるのよりも、星の光が淡いのは、カジノのネオンのせいに違いない。

白いタキシードが近づいて来た。朝妻弘志である。相変らず、突っぱった調子で、ここには商売女がいるのかと訊く。

「そりゃ居ますよ。カジノですからね」

もし遊ぶのなら、そういってくれと佐々木は注意した。

「ここには、知り合いの従業員がいて、安心出来る女を世話してくれますから……」

この時点で佐々木は彼に悪意も好意も持っていなかった。客に対して、むしろ親切なマネージャーであった。

「そういうのは、高《たこ》うつくんやないのんか」

弘志がいやな笑い方をした。

「あっちゃこっちゃにマージンを払わされるちゅう話やったけど……」

不快を佐々木は抑えた。

「世話をしてくれた男に、百フランほどチップをやって下さい。それだけですよ」

女の値段はきまっているし、連れて行く場所も安全であった。

「自分で交渉する分には、百フランは要らんのやろが……」

佐々木は眉をひそめて、どうぞ御勝手にといった。彼によけいな忠告をする心算《つもり》はない。

一時間ほど、佐々木は夜風に吹かれていた。

カジノのロビイへ戻ってくると、待っていたように金髪の女が近づいて来た。

ソニアという売春婦で、佐々木がいつも客を斡旋している一人であった。

白いタキシードの日本人から、しつっこく声をかけられているという。

「花ホテルから来たお客だって、ダニエルがいってるけど……」

ダニエルというのは、ここの警備員であった。身の丈が一メートル九十センチもあり、仁王様のような容貌《ようぼう》だが、人柄はよく、佐々木とも親しかった。

朝妻弘志だと、佐々木はすぐにわかった。

「彼、景気がよさそうかい」

「ルーレットをやって、少し勝ったみたい。もっとも、けちな賭《か》け方だって、ディラーがいってたけど……」

イタリヤなまりの強いフランス語でソニアは喋っている。

「彼、何語で、君をくどいたの」

「英語よ。上手じゃないけど……」

花ホテルの客なら、佐々木から声がかかるのにと、ソニアは不思議そうであった。

「実は、ちょっと、いやな客なんだ」

ソニアを伴ってダニエルの控室へ行った。

そこで、ざっと彼のハネムーンのいきさつを話した。

「好かない奴ね」

ソニアは唾《つば》を吐きそうな顔になり、ダニエルは憤慨した。

「奥さんが、かわいそうだ」

そこで、ちょっとした計画がまとまった。

ソニアもダニエルも面白がっている。

やがてソニアは、なにくわぬ顔をしてルーレットのほうへ戻って行った。すぐ続いて、ダニエルが佐々木に片目をつぶってみせてから部屋を出て行く。

少し悪戯《いたずら》がすぎるという気がしないでもなかったが、佐々木はそのまま、マイクロバスへ戻った。

十一時に三組の夫婦がまず帰ることになった。帰りのマイクロバスは十一時から一時間ごとにカジノを出発することになっている。

佐々木がマイクロバスを運転して、カジノと花ホテルを往復するわけであった。

十二時には帰る客がなかった。

次は一時である。マイクロバスの中で、佐々木は辛抱強く待っていた。

蒼白《そうはく》な顔の朝妻弘志がマイクロバスへやって来たのは十二時十分すぎであった。彼の背後からダニエルが怖い形相でついてくる。

思わず、にやりとしたくなるのを、佐々木はこらえた。

「佐々木さん、なんやわけのわからんことになってしもた。話をつけて欲しいんやけど」

弘志の声が慄《ふる》えていた。

「なんですか、いったい」

わざとねむそうな調子で、佐々木は運転席から立ち上った。

「女を買うたんやがな。そやったら、ホテルの部屋に男が来よって……、あの男や」

ダニエルはマイクロバスの入口に突っ立っている。

「なんや知らんが、女をなぐりつけて、僕も一発なぐられたんや。あとはなにをいうとるんか、言葉が通じんさかい……」

佐々木はオーバーに顔をしかめた。

「厄介な男に、ひっかかりましたね」

「知っとるのか、あの男……」

「噂《うわさ》はきいていますよ。マフィアに関係してる奴だとか」

弘志は自分の着ているタキシードよりも白っぽい顔色になった。

「あいつがヒモやったやろか」

「だから、遊ぶなら安全な女を紹介するといったでしょう」

ダニエルがマイクロバスのドアを叩いた。弘志がおびえた表情になった。

「なんとかしてぇな。頼むよって……」

佐々木はドアを開けて外へ出た。弘志はバスの中から出て来ない。

適当にダニエルと芝居を合せて、佐々木はバスへ戻った。

「やっぱり、彼の女房だったそうですよ。日本人が女房と寝たといって、えらい剣幕です。とにかく、あんたを連れて行くといってきかないんですが……」

白いタキシードは泣き顔になった。

「助けてくれ、金はなんぼでも払う」

財布を内ポケットから掴み出した。

「あいつらの世界は特別ですから、金で解決がつくかどうか」

不安そうな様子で佐々木はダニエルと弘志の間をしつっこく何往復もした。

話をつけたのは、一時ぎりぎりで、

「彼は名誉を重んじる男で、金はいらないといっています。それよりも、二度と彼の女房に手を出さないという誓約書を書けといっています」

弘志は顔をくしゃくしゃにした。

「二度と、僕はカジノへなんか来んよ」

「そんなことは、彼に通用しませんよ」

結局、弘志は佐々木の用意したレターペーパーに誓約書とも詫《わ》び状ともつかないものを書いた。

「日本語でええのかいな」

「署名だけはローマ字にして下さい」

その他に、ソニアに払う金と、ホテルの部屋代をいつもの規定より五割増にして、弘志から取り上げて、ダニエルに渡した。

白いタキシードは意気消沈してマイクロバスにゆられて花ホテルへ帰った。

その夜の中に、佐々木はダニエルに渡したとみせかけて、実は自分のポケットに突っ込んで来た誓約書のコピイをとった。浜口にカジノの事件を話すと、彼は手を打って喜んだ。

「お前にしては、大胆なことをやってのけたな」

「別に新婦の肩を持つつもりはないがね。男のほうが、あんまりいやな奴だから、つい、悪戯を思いついたんだ。これで慰謝料のほうは、なんとかなるんじゃないのか」

「ものは使いようだな」

翌朝、弘志がダイニングルームに出たところを見はからって、あらかじめ、佐々木と打ち合せをしていた杏子が、なに食わぬ顔で三根子を伴って、やはり朝食に出た。今日の午後には、東京から両親が来ると知っていて、三根子はもう覚悟を決めている。

別々のテーブルで新婚の夫婦が朝食をとりはじめた時、ボーイが杏子の傍《そば》へ近づいた。

「只今、フロントへダニエルさんという方のお使がみえまして、これをミセス朝妻にお渡しするように申して行きましたが……」

例のコピイであった。杏子はなにもわからない様子で、それを三根子に渡す。

「なんでございましょう。お心当りがございますかしら」

三根子はいぶかしそうに、その封筒を開け、やがて、立ち上って一度は夫と呼んだ人のテーブルへ行った。

「こんなものが届きましたのよ。おぼえがおありですの」

オートミルを口に運びかけていた弘志の手からスプーンが音を立てて落ちた。

花ホテルにとって、はじめての新婚客が出発してから十日ほど過ぎて、ミラノの浜口啓太郎から電話が入った。

「あの二人、離婚したよ。但し、慰謝料はどっちもなし。性格の不一致ということで、協議離婚だとさ」

花嫁の側に、こともあろうに新婚旅行先で他人の女房に手を出して書かされた始末書があっては、男のほうも強いことはいえまいと浜口は笑っている。

「美人局《つつもたせ》にひっかかったのを公けにしないかわりに、離婚の本当の理由も頰かむりか」

軽口を叩いて電話を切ったのに、佐々木はどこか、すっきりしない顔をしていた。

あれ以来、ソニアはすっかり佐々木に心を許して、カジノへ行く度にいそいそと寄ってくる。この前の夜は、商売抜きで佐々木を自分のアパートへ誘いたいといい、佐々木は女に恥をかかせないよう断るのに、大汗をかいていた。

ダニエルも意地が悪くて、そんな二人をにやにやしながら眺めている。

カジノへ客を送って行くのが、まことに憂鬱になっている佐々木であった。

夫婦客

一

赤いベンツのレンタカーが、松林の中の坂道を下って来た時、花ホテルのマネージャーである佐々木三樹は、玄関を出たところで染色デザイナーの桐林と立ち話をしていた。ベンツには四人の客が乗っていて、運転しているのは女性であった。助手席から若い男が顔を出して、いわゆるフランス人のいうところの、日本人なまりの強いフランス語で、

「花ホテルは、ここですか」

と訊《き》く。

ドアマンのロゼッティが、

「御予約でしょうか」

と訊いているところへ、佐々木は近づいた。

日本語でいらっしゃいませと挨拶したのは、相手が日本人だったからだが、とたんに後部の座席にいた日本人が、えらく、ふんぞり返った。

「寺内だが、予約は入っている筈《はず》だよ」

佐々木は丁重にベンツのドアを開けた。

「お待ち申して居りました。どうぞ」

花ホテルの、その日の予約客の名前を佐々木はすべて暗誦《あんしよう》している。ポーターが走って来て車から荷物を下し、佐々木は先に立って、客をフロントへ案内した。

宿泊名簿には、男二人が各々、記入した。

グレイの背広にオープンシャツを着ている年長者のほうが寺内正和、ジーンズにポロシャツというのが、堀田君夫で、どちらも夫人同伴と思っていたが、ボーイに二組の客を部屋へ案内させてから、あずかったパスポートをあらためると、寺内正和、寺内美沙《みさ》子《こ》、堀田君夫、原めぐみとなっている。

寺内のほうの中年組は夫婦だが、若い一組は恋人だろうか、少くとも入籍はされていない。

もっとも、日本人のハネムーンの場合、パスポートの申請をする段階では、まだ結婚式をあげていなかったということで、各々の苗字のまま、外国へ旅立ってくることがある。が、堀田君夫と原めぐみは共に一九四六年生れとパスポートに記載されているから、三十五歳で、ちょっと新婚旅行とはいいかねた。

「九月に日本人の客は珍らしいですね」

立ち話を中断された恰好《かつこう》の桐林がフロントへ声をかけた時、ロビイを横切って朝比奈杏子が歩いて来た。いつも、白いブラウスに紺のスカートというのをトレードマークにしている花ホテルの女主人が、珍らしく大胆な絞り染めのブラウスを着ている。ニースにある桐林の小さな店で、この夏とぶように売れた彼の作品の一つで、ワイシャツ風の単純なデザインが奇抜な染色をよく生かしていた。

「日本から紫蘇茶《しそちゃ》が届きましたのよ。桐林さんもどうぞ」

声をかけて、まだ客の姿のないロビイのすみのテーブルへ茶碗を三つ並べている。

花ホテルの女主人が日本人だということが、コートダジュールに流れると、なんとなく、この辺りで生活している日本人が訪ねて来て、少しずつ、知己が増えている。ニースの日本の航空会社の代理店に勤めているのとか、グラスの香料会社の社員とか、カンヌで日本料理店を経営している夫婦とか、日本人同士のなつかしさや気易さで、花ホテルはそれらのサロンの役目を果すようになっている。桐林もその一人であった。

「今日あたり、パリは十一度だそうですよ」

紫蘇の香を両手に包み込むようにして、桐林が告げた。

「気の早い連中は、毛皮のコートをひっぱり出しているそうです」

「夏の終りは、寒さを強く感じるものなのね」

杏子は、そこから庭越しの地中海へ視線を向けていた。

「うちのお客様でも、昨夜はブランケットをもう一枚とおっしゃる方があったみたい」

コートダジュールの気温は最低でも十七、八度はあった。日中は二十五、六度で過しやすい朝夕だが、夏の暑さを記憶している肌は敏感に秋の訪れを告げるらしい。

「コートダジュールまで来て、こう寒いんじゃたまらんな。泳ぐ気にもなりゃせんよ」

傍若無人な高声がして、エレベーターから客が下りて来た。

寺内正和は白いショートパンツに、同じ色の甚平を着ている。夫人は、おそらくその下は水着だろうが、タオル地のビーチウェアであった。

佐々木はふりむかなかったが、さりげなくそっちをみた杏子が急に立ち上った。

「失礼ですけれど、美沙子様じゃございませんか」

寺内夫人は、杏子をみつめるようにして、すぐ、あっと声を立てた。

「桃子さんの妹さん……」

「朝比奈杏子でございます」

「まあ、あなた、どうして、こちらに……」

「このホテル、私がやって居りますの」

「それじゃ、オーナーの奥様……」

「いいえ、私は、今のところ、独りですわ」

寺内夫人の美沙子が、それで納得したように、夫へ告げた。

「こちらのお姉さまと、私、小学校から高校までご一緒でしたのよ」

寺内正和は、愛想のいい笑顔になって、妻の旧知に挨拶をした。

「それは偶然だね。いつから、こちらを……」

「今年になってからでございます」

「それじゃ、まだ新米のオーナーですな」

伴《つ》れのもう一組がやはりビーチウェアで下りて来たので、杏子はそちらにも挨拶をした。

「おくつろぎのところを失礼いたしました。プールがお寒いようでしたら、室内プールもございますので……」

岬《みさき》に張り出した庭の突端にプールがあった。

そのふちから石段を下りて行くと崖《がけ》をえぐったような恰好で室内プールの設備がある。一年中泳げる水温で、海へ向った部分はすべてガラス張りの贅沢《ぜいたく》なものであった。

四人が庭を横切ってプールサイドへ歩いて行くのを見送ってから、杏子は佐々木の傍へ戻って来た。

「マダムのお知り合いですか」

会話は大体、聞えていた。

「姉の仲よしだったの、お目にかかるの、二十何年ぶりかしら」

「よく、わかりましたね」

「昔とお変りにならないもの。相変らず、おきれいだわ」

「四十すぎてるんじゃありませんか」

桐林が口をはさんだ。

「姉と同い年だから、四十二歳ね」

「男なら厄年だな」

長年、外国で暮している癖に、桐林はそんな古風なことをいって笑っている。

「御主人の職業はなんですかね。それと、もう一組のお伴れはどういう関係かな」

桐林は盛んに、日本人客に好奇心を燃やしていたが、佐々木は沈黙を守っていた。もっとも、佐々木の手許《てもと》にある宿泊簿にしたところで、そんなくわしいことはわからない。

杏子が寺内夫人と熱心に話し込む時間が来たのは、夜が更けてからであった。

最後の夕食時間が終るのが午後十時で、その頃になるとフロントも宿直当番の他《ほか》は佐々木だけになる。

「九月、この後の予約はどうなの」

さりげなく杏子がフロントへ入って来て、佐々木の横に立った。

「週末は大体、ふさがっています。ウィークデイも八十パーセントですから、まあまあじゃありませんか」

返事をしながら、佐々木は杏子がそんな話をするために来たのではないと気がついていた。ホテルの収支も経営も、一切、佐々木にまかせて、全く、口出しをしない杏子だったし、佐々木も彼女の信用に応えて、求められなくとも細かい報告を欠かしたことがない。

「コートダジュールの秋って寂しいわね」

果して、杏子がとりとめもなく、低い調子で喋《しゃべ》り出した。

「そうですかね」

故意に佐々木は反論した。

「ミラノでは、十月の声をきくと連日のように雨が降って、いやなものでしたが、ここはそんなこともないようだし……」

杏子が微笑した。

「でも、紅葉がないわ」

急激に寒くなるという土地ではないから、葉は枯れて落ちるが、色を楽しむ時期がない。

「グラスの山のほうへ行くと、けっこう、きれいな紅葉がみられるそうですよ」

「姉は、京都で旅館をやってますの」

突然だったので、佐々木は帳簿の整理の手を止めて杏子をみた。その話がしたかったのかと思った。

「小さな旅館なんですけど、義兄《あに》が歿《なくな》ったあと姉が引き受けましたの。姉も四十二になったんですわ」

佐々木は、時折、杏子宛《あて》に京都から届く小包のあるのを知っていたが、今まで杏子はそれについてなんの説明もしていない。大体、杏子は自分の肉親についても、佐々木に打ちあけ話をしていなかった。佐々木も訊いたことがない。

寺内夫人にめぐり合って、気持が故郷の肉親へ向いたのかと思った。

「お姉さんは、お元気なんですか」

「ええ、もう随分、会っていませんけど」

寺内夫人がバアへ姿をみせたのは、その時で、フロントの杏子に気がつくといそいそと寄って来た。

「よろしかったら、少しお話出来ないかと思って……」

杏子がフロントを出た。

「喜んで……御主人様はおやすみですの」

「堀田さんの部屋でトランプですの。ブラックジャックに夢中ですのよ」

そっちの部屋にウイスキーをボトルごと届けてくれと寺内夫人はウエイターに頼んで、杏子と向い合った。フロントから佐々木がみていると二人とも水割を飲んでいる。

女同士のお喋りは熱っぽく、果てしがないようであった。

十二時になって、佐々木は懐中電燈を持ってプライベートビーチのほうを見廻りに行った。

杏子はまだ寺内夫人と話し込んでいる。

花ホテルの庭になっている岬をぐるりと一巡してから、室内プールをのぞいてみると、泳いでいる客があった。従業員がねむそうな顔で更衣室の脇のカウンターに居る。ここは泳いでいる客のある間は閉めないきまりであった。

「夜が冷えるようになったね」

エズの町から通って来ている従業員と話しながら、ふと気がつくと、泳いでいる客は日本人で、寺内夫妻の伴れの堀田という男であった。なかなか、豪快な泳ぎっぷりである。

寺内夫人は三人でブラックジャックをしているといっていたが、この分だとトランプは終ったのかも知れないと佐々木は思った。

フロントへ戻って来てみると、バアでは相変らず女二人が話し込んでいる。お節介かとためらったが、愛想はよくても、亭主関白らしい寺内正和の風貌を考えて、そっと杏子へ近づいた。

「失礼ですが、お伴れの堀田様は室内プールで泳いでいらっしゃいましたが……」

寺内夫人が腕時計をみた。ダイヤをちりばめたスイスの高級時計である。

「大変、御主人様、お部屋へお戻りだわ」

杏子が女学生に戻ったような声を上げたが、寺内夫人は不審顔であった。

「どうしたのかしら、いつもは一時、二時までかかるのに……」

プールには堀田さんがお一人でしたか、と訊かれて、佐々木はありのままを答えた。

「それじゃ、又、明日」

伝票を、というのを杏子がおさえた。

「今夜は私にまかせて……」

「でも、悪いわ」

「いいえ、お泊り頂けただけで嬉しいんですもの」

寺内夫人はそれでもためらっていたが、佐々木も言葉を添えたので、漸《ようや》くエレベーターのほうへ戻って行った。

「あの方、お強いわ」

ウイスキーをかなり飲んでも、しゃんとしている。杏子のほうは、立ち上ると足が少しよろめいた。

「佐々木さん、部屋まで送って……」

酔いの廻った顔で笑っている。

「あちらの御主人様、婦人服の会社の社長さんなのよ」

寺内正和の職業である。

「堀田さんは、宣伝用のカタログを編集する会社につとめてらして、原さんって女性もそちらの編集者ですって」

堀田と原は恋人関係だが、まだ結婚はしていない。

「十月のはじめにパリでお仕事があるので、その前にバカンスをお取りになって南フランスからローマまでいらっしゃるとか」

「そりゃけっこうですね」

よりかかって歩いている杏子の体温にどぎまぎしながら、佐々木はそっけなく答えた。

女主人に信頼されているマネージャーの立場が、如何《いか》に厄介かを、このところ、身にしみて感じている佐々木でもある。

「佐々木さん、ぼつぼつお休みをとったら。夏の間は一日もお休みなしだったでしょう」

部屋の入口で杏子がいい、佐々木は苦笑した。

「休みをとっても、行くところもありませんし……マダムこそ、たまに日本へお帰りになるなら、留守番はまかせて下さって大丈夫ですよ」

杏子はそれに答えず、ドアのむこうへ消えた。

二

翌日、寺内夫妻は堀田だけをお供にして午前中にモンテカルロへ出かけた。

運転は堀田で、夫妻は後部のシートに並んでホテルを出て行った。原めぐみは部屋で眠っているらしく、ドアには「起こさないで下さい」という札がぶら下っている。

三人が帰って来たのは、午後一時近くで、起きて来た原めぐみを加えてホテルで食事をすると、午後からは寺内夫人が運転してニースへ買い物に四人揃《そろ》って出かけて行った。

夕食は外ですませて来たらしく、戻って来たのは夜の九時すぎで、寺内夫人はひどく疲れているようにみえた。

堀田君夫が一人でバアへ来たのは十一時を廻った頃で、水割を二杯ほど飲むとしきりに居ねむりをはじめた。

可笑《おか》しなことだと、佐々木はフロントから眺めていた。睡《ねむ》いのなら、部屋へ戻って休めばよさそうなものだし、第一、恋人とバカンスに来ていて、一人だけ酒を飲みに出てくるというのも不自然であった。

よくあることだが、ちょっとした口喧嘩《くちげんか》でもしたのかとも思う。

一緒に旅行しているのが、社長夫妻である。幸せそうな中年の夫婦を四六時中みていれば、入籍されていない愛人関係を、女は身にしみて情なく思い出すだろう。

堀田君夫は、椅子からずり落ちそうになった状態で眼をさました。たまたま、佐々木と視線が合うと照れくさそうに笑っている。

佐々木はフロントを出て、バーテンにブラディマリーを頼んだ。仕事の終りには、時々、これを一杯やって寝ることにしている。

「お疲れのようでしたね」

グラスを持って堀田に近づいた。

「社長のお供は神経を使うんでね」

堀田は、もう水割は注文せず、睡そうな顔で煙草をくわえている。腕時計をみた。

「バアは、何時まで……」

「午前二時ですが、お客様がいらっしゃる限り、あけて居ります」

夏の間は三時、四時まで客は遊びほうけていた。

「ここら、シーズンは七、八月だろうね」

「夏のバカンスは六月からはじまりますので……それと、二月からはコートダジュールに花祭が催されますので、復活祭あたりまでは、かなり混みます」

「秋がシーズンオフかい」

「よくしたもので、十一月あたりから避寒のお客様が……まあ混みますのは十二月に入ってからクリスマス前後ですが……」

堀田がまた、時計をみた。バアの閉まるのを気にしているにしては可笑しい。

時刻は十二時二十分であった。

「ここら、夜、遊びに行くとしたら、どこかな」

夜の遊びという意味を佐々木は考えた。

「カジノでしたら、モンテカルロですか……」

「女もいるの」

「それは、います」

いよいよ、恋人と冷戦中だと思った。

「当ホテルからカジノまで水曜と土曜にサービスの車が出て居ります」

明日が土曜日であった。

この二組の日本人客は月曜日にここを発つことになっている。

「カジノは面白いだろうなあ」

女はいるかと訊いたのをごま化すような言い方をして、堀田はバアを出て行ったが、そのまま部屋へは帰らずにロビイで備えつけの新聞や雑誌を眺めている。

時折、神経質そうに腕時計をみるのからして、それはもう明らかに時間つぶしをしているとわかる彼の態度だったが、その時の佐々木は、恋人といさかいを起して、部屋へ戻るのが気まずいのだとばかり思い込んでいた。

で、翌朝杏子に会った時、何気なくその話をした。

「そりゃあ、れっきとした御夫婦と一緒に愛人関係のカップルが旅行したら、女はヒスをおこすわ。なんといっても、それ以上、みじめなことはないもの」

杏子は庭のほうへ眼をやって、考え深そうにいった。

「幸せそうですものね、美沙子さん。あたしがみても羨《うらやま》しくなるくらい……」

庭を、寺内夫妻が散歩していた。

今日はどこへも出かけないらしく、二人ともビーチウェアで、おそらくプールサイドで日光浴をするつもりとみえた。

「御主人様が、美人の奥様をとても大事にしているって感じでしょう。お金に御不自由はないのだし、いいお子さんにも恵まれていらっしゃるんだし……」

「子供さん、いらっしゃるんですか」

少し忌々《いまいま》しい気分で、佐々木は訊《たず》ねた。杏子のいい方は、寺内正和を最高の夫と決めているようなところがある。

「三人ですって。美沙子さん、御結婚が早かったから、御長男は、もう大学を卒業なさったし、一番下の坊っちゃんも高校三年で、成績がずば抜けていいから、大学も希望通りのところへ行けそうですって」

一流の私立大学の附属高校へ通っているという。

「幸せな方って、本当に幸せなのねえ」

なかば詠嘆調でいって、杏子は庭へ出て行った。

今日は庭師の来る日で、中央の花壇には枯れかけた花のかわりに、栽培所で丹精された新しい草花が植え込まれている。

杏子の好みで花の咲く樹の多い花ホテルの庭だったが、九月も今頃になるとブーゲンビリヤも盛りを終っているし、アフリカンチューリップも散ってしまった。庭の片すみの夾竹桃《きょうちくとう》が僅《わず》かにピンクの花を残していたが、それも、もう数えるほどでしかなかった。

そのあたりに立って庭師の仕事ぶりをみていた杏子が急に手を上げて佐々木を招いたので、佐々木はテラスを抜けて走って行った。

彼女が眺めていたのは、夾竹桃であった。

「これは、抜いてしまおうかと思って……」

「どうしてですか」

夾竹桃はかたまって七、八本もあった。杏子がこのホテルを買い取る前から、そこに植えられていたものである。

「夾竹桃って毒があるんでしょう」

昨夜、読んだミステリーに、夾竹桃で作った木串を料理に使って人殺しをするのがあったという。

「なんだか、怖《おそろ》しくなってしまって……」

佐々木は笑い出した。

「冗談じゃありませんよ。うちのコックが、こんな木で料理用の串なんか作るものですか」

「そういうわけじゃありませんけど、気味が悪いじゃないの」

　夾竹桃に毒があるというのは、佐々木も以前に聞いたことがあった。

「毒といっても、どの程度のものですかね」

　佐々木は、庭師を呼んだ。イタリヤ人だが、植物の知識はくわしい。

「夾竹桃には、毒がありますよ。そりゃかなりの猛毒だっていいます」

　彼は佐々木と杏子に等分に答えた。

「わたしは子供の頃から、じいさんにいわれましたよ。夾竹桃を伐《き》ったりしたら　必ず手を洗ってからパンを食えって」

「幹に毒があるのかね。樹液とか……」

「どこにもここにもあるようですよ。たとえば、こうやって葉を突っつきますとね」

　彼は手に持っていた仕事用の針金の先で夾竹桃の葉にぶつぶつと穴を開けた。白いミルクのような液体が葉の表面に滲《にじ》み出してくる。

「こいつを虫なんぞになめさせると、ころっと死にますからね」

「虫は死んでも、人間は死なないだろう」

「死ぬんじゃありませんかね。量にもよるでしょうけど……」

「死ぬかも知れないわよ。推理小説じゃ、この木の串をさして焼いた肉を食べただけで、三十分後に死んだと書いてあったもの」

「小説家というのは、わかったような嘘《うそ》を書きますからね」

口ではそういったものの、佐々木は用心に越したことはないと思った。

夾竹桃の植えてあるのは、庭の小径《こみち》のふちであった。通りすがりに誰でも葉や花に手をのばせる。もしも、子供などがうっかり葉をむしって、白い液体を面白がって口に持って行きでもしたら、厄介なことになるかも知れない。

普段はそんなこともないが、七、八月の花ホテルは家族客が多かった。子連れのバカンスが圧倒的である。

「マダムがお気になさるなら、抜きましょう」

庭師にいうと、それなら二、三日中に若い者を連れて来て処分させるという。

そんな話になったところへ、寺内夫人が歩いて来た。

「やっぱり、泳いだら寒いような気がして」

海で泳いだらしかった。黒く長い髪が濡れて海草のように顔の周囲や肩に垂れている。寺内夫人はそれをうるさそうに手の先でかきやりながらホテルの部屋へ戻って行った。

次に寺内夫人がフロントへやって来たのは午後であった。

カーキ色の袖なしのワンピース姿で、フロントの横の廊下にあるショウウィンドウの中の絞り染めのシャツを買いたいといった。

それは、桐林の店の品物で、彼の頼みで杏子が、このホテルのショウウィンドウに彼の作品を飾ってやって、客の注文がある都度、ニースの店へ連絡し便宜をはかっていたものであった。

「杏子さんが、サイズが合わなかったら、ニースの店へ注文して下さるとおっしゃったので……」

試着してみたいという美沙子に、佐々木はショウウィンドウの鍵《かぎ》をあけて、二、三枚のシャツとドレスを出してやった。

「杏子さんが着ていらっしゃると、とても素敵だったので、私も欲しくなりましたの」

女が服を買う時の機嫌のいい表情で話しかけながら、美沙子はワンピースの上からシャツを羽織ってみて、その中の二枚を買うことに決めた。

「女のたのしみなんて、気に入った服を買うことぐらいしかありませんものね」

シャツ二枚で千フラン近い贅沢な買物の弁解をするように笑って、美沙子はさりげなく訊ねた。

「昨夜、堀田さんが遅くまでバアにいらしたんですって」

杏子が話したのだと思い、佐々木は女のお喋りの早さに舌を巻いた。

「あちら、あまりお酒を召し上らないのに、どうなさったのかしら」

「酒は、せいぜい水割二杯でしたよ。ロビイで新聞を読んで居られましたから……」

ホテルの従業員が客の私事を詮索《せんさく》する気持はないといったふうに、佐々木は淡々と答え、二枚のシャツを紙にくるんだ。

「何時頃まで、ロビイにいらっしゃいましたの。堀田さん」

「一時半か……二時近くでしたか」

桐林の店の紙袋に入れて、釣銭と共に美沙子にさし出すと、彼女は礼をいってロビイへ戻って行った。

ちょうど、浜のほうから帰って来た寺内正和と堀田、それに大胆なビキニの上に、水着とおそろいのジョーゼットの布を腰から下に巻きつけただけの原めぐみが美沙子に声をかけ、彼女が立ち止って、夫に紙袋の中身をみせた。

「君は全く買い物魔だな。ビーチへ戻って来ないと思ったら、そんな下心があったのか」

寺内正和が笑い、それに美沙子が抗議をした。

「最初から買うつもりじゃありませんでしたのよ。杏子さんに熱いお茶をご馳走になっていて、このシャツのことが話題になったから……」

「本当にすてき。私も欲しいわ」

原めぐみがフロントのほうをみた。

「ドレスがあるのよ。とてもいいけれど、お値段も大変なの。よろしかったら、めぐみさん、どうぞ……」

「奥様がお買いにならなかったんですもの。私にはとっても買い切れませんわ」

賑《にぎ》やかな会話がエレベーターに消えてから二十分も経たない中《うち》に、フロントの電話が鳴った。

「マネージャーお願いします」

一度、取り上げた受話器を、フロントのミカエルが佐々木へ廻したのは、日本人の客という意味で、この花ホテルで日本語がわかるのは佐々木と杏子しかいない。

電話は堀田からであった。桐林の、例のドレスを部屋へ届けてくれという。

「それから、ドレスを僕らが買ったということを、社長夫妻には内緒にしておいてくれないか」

承知しました、と電話を切って、佐々木は可笑しくなった。おそらく、堀田は恋人の御機嫌とりに高いドレスを買うことにしたのだろうが、社長の手前、社長夫人よりも高価なものを買ったと知られたくないに違いない。

佐々木はドレスを包み、請求書を添えてボーイに部屋まで運ばせた。

三

土曜の夜、二組の日本人客は佐々木の運転するマイクロバスで、モンテカルロのカジノへ出かけた。バスには四人の日本人の他にアメリカ人客が五人、ロンドンから来ているグループが四人、乗った。

カジノに到着する前に、佐々木は帰りのバスは十一時から一時間ごとにカジノの駐車場を出ることになっていると告げておいた。

要するに、佐々木が一時間おきにカジノと花ホテルの間を行ったり来たりするわけだ。カジノから花ホテルまでは三十分もあれば充分である。

いつものことで、最初の十一時までを、佐々木は軽く食事をし、顔なじみの警備員などと無駄口を叩いて過した。

十一時にマイクロバスのところへ行ってみると寺内夫人が立っている。

「カクテルを頂いたら、なんとなく気分がよくないのです。先にホテルへ帰ることにしましたので……」

十一時に帰るのは、寺内夫人が一人だけであった。

「主人も堀田さん達も賭け事は大好きですから……」

それだけいって、あとは浮かない顔で暗い車窓をみつめている。

具合が悪いときいていたので、佐々木も話しかけず、車をなるべく揺らさないように運転して花ホテルへ戻った。

十二時には、大方の客がバスに集った。
カジノにまだ残っているのは、アメリカ人の三人と堀田君夫だけである。
寺内正和と原めぐみは並んで席についていた。冗談をいい合って、はしゃいでいると
ころをみると、ギャンブルの成績はかなり良かったようである。
一時のバスにはアメリカ人が二人。二時の最終に堀田君夫と、ひどく負けてしまった
と意気消沈しているフロリダの商社員が乗った。
花ホテルに着いたのは、二時半であった。
翌日の日曜日の朝食はルームサービスが多かった。
殊に前夜、カジノへ出かけた連中は、ダイニングルームが九時には閉ってしまうので、
大方がルームサービスになっている。
寺内夫人がわざわざフロントへ来て、ピクニック用の魔法瓶があったら、一つ貸して
くれないかといったのは、午前八時であった。
「主人がまだ寝て居りますので、電話を使いたくありませんので……」
堀田がモーターボートのライセンスを持っているので、みんなが起き出したら沖を一
廻りする予定だともいった。
花ホテルのモーターボートを、昨日、堀田が予約してある。
魔法瓶にコーヒーをつめたのと、フランスパンにハムをはさんだのをモーターボート

上での軽食用にルームサービス係が寺内夫妻の部屋に届けたのは、夫人が注文してから三十分後であった。

十時に四人が下りて来た。

モーターボートは、花ホテルの崖の下にある小さなヨットハーバーにつないである。

そこまで佐々木が案内がてら、先に立った。

美沙子が立ち止ったのは、プールサイドであった。

「すみませんけど、私、やめますわ」

佐々木がふりむいてみると、美沙子は青ざめて、額に脂汗を浮べている。昨夜も気分が悪いといっていたが、まだ、治っていないのかと佐々木は思った。

「それじゃ、ホテルにいなさい。大体、君は船に酔うたちなんだから……」

寺内正和がいい、夫人をそこへ残してヨットハーバーへ急いだ。

海は静かで、空はよく晴れている。

「海の上は焼けますすよ」

そんなことをいいながら、佐々木は快調にすべり出したモーターボートへ手を上げた。

戻ってくると、寺内夫人は夾竹桃の植木の脇に茫然《ぼうぜん》と突っ立っている。

「お具合が悪いのなら、知り合いの医者に来てもらいましょうか」

佐々木が声をかけると、返事もしないで逃げるようにホテルのほうへ去った。

異様な雰囲気を感じないわけではなかったが、佐々木もいそがしかった。

この時間はホテルを出発する客が多い。

昼食時間になった時、ボーイが佐々木を呼びに来た。

「マダムがお呼びです」

杏子の部屋をノックすると、内から激しい女の泣き声が聞えた。杏子がすばやくドアを開けて佐々木を入れ、すぐに閉めた。

寺内夫人はカーペットの上に体を投げ出すようにして泣いている。号泣であった。

「佐々木さん、すぐモーターボートに連絡をとって下さいな。理由はいわず、魔法瓶のコーヒーは飲まないように……間違えて古いものを入れたとか、そういうふうに伝えて……」

「なんですか」

「なんでもいいから早く……」

佐々木はかけ戻って、モーターボートへ発信したが、なんのためか相手が出ない。

杏子の部屋へ行って、そのことを告げると寺内夫人が叫び出した。

「いいんです。連絡しなくて……あたしはあの人たちを殺そうとしたんですから……」

杏子が慌てて、美沙子の口をおさえた。

「迂闊《うかつ》なことはいわないで……佐々木さん、なんとかモーターボートに連絡してよ、お願い……」

杏子の血相も変っている。

「しかし、相手が出ないんですよ」

「死んでいるのよ。もう三人とも、死んだんだわ」

美沙子の眼が異様な光り方をした。

「夾竹桃の汁を、あれだけ入れたんですもの。とっくに死んでいます」

「なんですって……」

杏子がおろおろと叫んだ。

「美沙子さんが悪いんじゃないわ。愛人を取り引き先の社員の恋人だなんて欺《だま》して連れて来た御主人に罪があるのよ」

佐々木はあっと思った。

「それじゃ、原さんという女性は……」

「主人の愛人だったんです。あたし、よもやと思ってました。堀田さんの恋人だといいきかされて……」

最初の夜、室内プールで泳いでいた堀田君夫を佐々木は思い出した。あの時刻、寺内夫人は夫が三人でトランプをしているとばかり信じて杏子とバアでお喋りをしていた。

二日目の夜、夫人は車を運転してニースへ出かけ、疲れ切って早々にベッドに入った。

その時刻、なんのために堀田君夫が一人、バアで飲めもしない酒を飲み、読めもしないフランスの新聞を眺めて時間つぶしをしなければならなかったのか。

寺内正和が彼らの部屋で、愛人と二人きりの時間を持つため以外に、なにが考えられるだろうか。

寺内夫人は再び、床に突っ伏して泣いていた。

「あたし、あの人を殺す権利なんかなかったんです。結婚以来、あの人に保護されて安穏に過して来て……子供達もいたのに……あたしとんでもないことをした……」

杏子が激しく首をふった。

「それは違うわ。そんなふうに考えたら、あなた、みじめよ」

感情にまかせて、夫とその愛人を殺そうと夾竹桃の葉の液を仕込んだコーヒーを持たせた。

「落ちついて下さい。ご主人が、まだコーヒーを飲まなかったってことも考えられますから……」

とにかく、もう一度、モーターボートと交信してみるといい、慌しく部屋を出ようとした時に、外側からノックが聞えた。

思わず、杏子が佐々木の顔をみる。美沙子の顔色は死人のようであった。

ドアは佐々木が開けた。

コックのボブ・フォルランが立っている。

「この魔法瓶は、マダムのではありませんかね」

佐々木より早く、杏子はそれを受け取った。

「これ、どこに……」

声が上ずった。

「キッチンのすみにあったんです。ルームサービスのお盆にのせてメイドがキッチンへ持って来たらしいんですが……」

「中は、誰か飲んだのか」

「いや、わしがみつけて、今、持って来たんで、誰も手も触れてねえです」

杏子が魔法瓶を佐々木に渡し、佐々木は手早く、蓋《ふた》を開けた。きっちりとしまったコックを抜いてみると、コーヒーは口許まで一杯に入ったままである。

「ありがとう。助かったよ」

ボブをかえしてから、佐々木はコックを閉めた。

「これは、僕が処分します。今のことは、どうかマダムも僕もきかなかったことにして下さい」

打ちのめされたような寺内夫人をそっとみて、佐々木は部屋を出た。

自分の部屋へ入って、魔法瓶の内身を残らず水に流し、その上、何度もゆすいでからホテルの裏へ行って、魔法瓶をぶちこわした。細かく割れたガラスを土中に深く埋めた時には全身に汗をかいている。

怒りにまかせて、夫と愛人を殺そうと思った時、人間は冷静さのかけらも失ってしまうのかと思った。

モーターボートへ積んで行く筈の毒入りのコーヒーの魔法瓶が、ルームサービスの朝食のお盆にのってメイドに運び去られたことにも気がつかないほど、美沙子は逆上していたに違いない。

フロントへ戻って、佐々木は改めてモーターボートと連絡をとった。

皮肉なもので、今度は明らかに応答が聞えてくる。

「如何《いかが》ですか、海上は……」

寺内正和の声が聞えた。

「爽快《そうかい》だよ。流石《さすが》に地中海だね」

交信を終って、佐々木はテラスを眺めた。

杏子がなんといって寺内夫人をなだめているのか。

フロントからは、放心したような寺内夫人の横顔がみえている。

父娘客

一

コートダジュールの十一月は、一年を通じて一番、閑散とする時期に当っていた。ホテルは休業というわけに行かないが、高名なレストランの中には夏の間、休めなかった代りとして、従業員に休暇を与えるために一カ月近く閉めるところもある。花ホテルも開業以来最低の客数であった。週末はそうでもないが、平日は空いている部屋のほうが多い。

「マダム、御相談がありますが……」

予約名簿を持ってマネージャーの佐々木三樹が出かけて行ったのは、ホテルの裏庭にあるビニールハウスの中であった。

この時刻、大抵、朝比奈杏子は花の手入れをしている。

花ホテルと名付けた以上、花は欠かせないという杏子の主張で作られたビニールハウスの中は、温室栽培の花が次々と育てられていた。それらは、いい時期にホテルの花壇に植えかえられたり、或いは鉢に移して客室のベランダに飾られたりしている。

最初はグラスから専門の花作りを呼んで指導してもらっていたのだが、近頃は花作りには自信があるという、コック長のボブ・フォルランの女房のビルギットが杏子と二人で、なにもかもやっている。時折は玄人顔負けの立派な蘭《らん》を咲かせたりして得意でもあった。

ビニールハウスの中の杏子はブラウス一枚で、それでも汗ばんだ顔をしていた。

「実は、今日の午後、お着きになる予定の佐藤武志様ですが……」

日本の大手商社のパリ支店長であった。

佐々木の元上司で、ジュッセルドルフにいる大久保彦市の大学からの友人でもあり、その関係で佐々木も花ホテルに勤める以前から面識があった。で、花ホテルを開業する際、早速、挨拶に行って以来、かなりの客を紹介してもらっている。

が、彼自身が花ホテルへ来るのは、今回がはじめてであった。

「同伴なさるのが、お嬢さんなので、寝室は二つあったほうがよろしいかと思います。日頃のお礼の意味で三階の三〇一号室を使っては如何でしょうか」

三〇一号はスイートルームであった。居間を中心に寝室が二つついている。無論、値段も花ホテルでは最高クラスだが、佐々木はそれを普通のツインルームの料金で佐藤父娘《おやこ》にサービスしてはどうかと提案したものだ。シーズンオフでなければ出来ない相談である。

「是非、そうして差し上げて下さいな。なんなら、料金なんか頂かなくてもよろしいのに……」

「いや、そういうことのお嫌いな方ですから、あんまりサービスしすぎても、かえってお気を使わせることになります」

大久保彦市もそのタイプだったが、佐々木の知る限り、佐藤武志は剛直の士であった。部下には寛大だが、自分には厳しい。仕事は出来るが、危険な橋は決して渡らないことでも定評があった。

「佐々木さんにおまかせするわ」

見事に咲いた蘭の鉢を、杏子は佐々木の前へおいた。

「これを、お部屋に飾って下さいな」

佐藤武志とその娘の順子が花ホテルへ到着したのは、午後四時であった。

「いそがしい佐々木君に、わざわざ空港まで出迎えてもらって、まことに恐縮しています。どうか、そんなに気を使わんで下さい」

杏子に対する佐藤の最初の挨拶がそれで、ふんぞりかえった人間ばかりを見馴れている杏子には第一印象から好感が持てた。

日本人にしては背の高いほうで、彫りの深い、なかなかの美男である。五十四歳にしては老けてみえるのは白髪が多いせいであろう。

娘も父親似であった。スポーツ万能選手といったタイプで、化粧っ気のない顔と短かい髪がさっぱりしすぎている。

スイートルームには、佐々木と杏子が揃って案内をした。

「これは身分不相応だよ。佐々木君、わたしはスタンダード・ツインと申し込んだ筈《はず》だ」

佐々木が会釈して釈明をした。

「間もなく夕食の時に、ばれることで、前もって内輪をお話致しますが、このシーズン、手前どもはまことに閑散として居りまして、マネージャーとしては不本意ですが、お客様には都合のいいことになりまして、マダムもどっちみち空いているものは使って頂いたほうが花ホテルの宣伝になるという意向でありまして……」

佐藤が破顔した。

「そういうことなら、喜んで御好意をお受けしよう。おかげで娘に鼾《いびき》の気がねをしなくてすみそうだよ」

メイドが日本茶を運んで来たのをきっかけに杏子と佐々木は部屋を出た。

「奥様はいらっしゃらないの」

エレベーターでなく、階段を下りながら杏子が訊《き》いた。

「だいぶ以前に歿《なくな》った筈ですよ、お子さんはお嬢さんお一人だと思います」

佐々木が知っているのは、その程度であった。

フロントへ戻って三十分もすると、佐藤武志が一人でエレベーターから下りて来た。

声をかけられる前に、佐々木は近づいていた。

「恐縮だが、もしも、娘へ電話がかかって来た場合、娘へ直接、取りつがないで、わたしに連絡してもらえないだろうか」

相手は小泉信夫という男だが、人を使ってかけさせる場合も考えられるので、どんな電話であろうとも、外部からかかった場合は必ず自分のほうへ廻してくれという。

「くわしいことは、いずれお話するが、娘の恋人だった男だ。結婚したいとまでいわれたが調べてみると素行も悪い。パリでの評判もひどいもので、とても娘をやれたものではない」
五、六年も前に語学の勉強という名目でパリへ来たらしいが、大学へ入るでもなく、まともに働いても居ない。最近は観光にパリへ来る人妻や若い女をひっかけて、いかがわしい写真をとり、脅迫まがいのことをしている事実もある。
「娘もやっと彼の本性に気がついて、手を切ったのだがね。そういう男だから、まだ、なんといってくるかわからない。お恥かしい話だが、よろしく頼みますよ」

佐々木は感情を顔に出さず、深くうなずいた。

「承知しました。充分に気をつけます」

フロントへ戻り、電話の交換台へその旨を告げて戻ってくると、佐藤武志はバアの椅子にかけてマティニを注文している。

佐々木は自分で灰皿とおつまみを運んだ。

「いよいよ、日本へ帰ることになったんだよ。来月早々に東京本社へ移るんだ」

煙草の煙と一緒に吐き出された語尾に安堵《あんど》と寂しさがある。

「ヨーロッパにお出《い》でになって、何年になりますか」

相手の真意がわからないので、佐々木は当らず触らずの返事をした。

「ジュッセルドルフとパリとで七年になるかね。その前のアメリカを入れると十年以上も日本を留守にしたことになる。佐々木君はこっちへ来て何年になるかね」

「足かけ十年ほどです」

退職して数カ月目の、ちょうと昨年の今頃に花ホテルへ来た。

「日本へは帰らないのかい」

「今のところ、その心算《つもり》です」

「独りなら、それもいいがね」

マティニのグラスをみつめて、佐藤が軽く眉を寄せた。

「私にとって、長い外国勤務はそれなりに意義があったと思っている。しかし、家族には気の毒なことをしてしまった。なかんずく、娘にはね」

「お嬢さまも、ずっと外国でしたか」

「家内が、娘の二十歳の時に歿って、それからはずっと一緒に連れて歩いたんだよ。けっこう女房がわりになるし、親馬鹿を承知でいうなら実によくやってくれた。しかし、おかげで婚期を逸してしまった」

「おいくつになられました」

「二十九だよ。わたしが二十五の時の娘だからね」

「お若くみえますね」

実感であった。せいぜい二十二、三と思っていた。

「色気がなくて男の子のようだと思っていたが、やはり当人はあせっていたんだろう。つまらない男にひっかかってしまった」

父親の無念が抑えた言葉の中に滲《にじ》んでいる。

「日本に居ればこんなことはなかった。然るべき相手と見合でもなんでもさせて、いい伴侶《はんりよ》をみつけてやれただろう。孫の一人も産まれていたかも知れないんだ」

「お嬢さまがおみえになりました」

エレベーターから下りて来た佐藤順子を眼にして、佐々木は低く知らせた。

シャワーを使って着がえたらしく、ホテルへ着いた時はキュロットだったのが、ワインレッドのワンピースに金色の幅広のベルトをしている。大人びた服が、彼女を今度は二十九歳の女にみせていた。

二

佐藤父娘の花ホテル滞在は一週間の予定であった。

着いて二、三日、佐藤武志はどこでもすぐ眠ってしまうようであった。テラスで日光浴をしていても、ロビイで新聞を広げていても、とにかくよく寝ていた。

「日本へ帰ると決まって、急に疲れが出たみたいですの。それに、パリでは私がいろいろ心配をかけましたし……」

ねむりこけている父親を弁護する順子を、ああ小泉という男のことだ、と気がつきながら、佐々木はそ知らぬ顔でうなずいていた。

もっとも、佐藤武志から打ちあけられた話は、そのまま、杏子の耳には入れておいた。小泉からの電話に万一、杏子が出た場合を考慮してのことだったが、

「本当に、きちんと手が切れているのかしら」

というのが、杏子の感想であった。

「パリゴロみたいな男とお嬢さんの関係ほど厄介なものはないそうよ。片方は女を扱い馴れているし、片方は男を知らなさすぎる。はたが気を揉《も》んでも、男と女の仲ばっかりはどうしようもないもの」

「まるでパリゴロとつき合いがあったみたいですね」

杏子があまり解ったような顔をしているので、つい、佐々木は揶揄《やゆ》したくなった。

「外国で長いこと暮していれば、それくらいわかります」

「男から電話がかかってくると思いますか」

「私が小泉なら、そんなまどろっこしいことしないけど……」

「たとえば……」

「それがわかれば、お父様が苦労なさることないんじゃないの」

女主人とマネージャーの会話は、このところ、あたりに誰もいないとかなり親しく、遠慮がなくなっていた。どっちもそれに気がついていて、時々は意識してけじめを守ろうとするのだが、すぐに垣根がはずれてしまう。

「みたところ、聡明そうないいお嬢さんなのに、少々、婚期が遅れたからといって、つまらん男にひっかかるというのは解せませんね」

「それは、佐々木さんが女心を理解しないからよ。女はいくつになっても結婚に憧《あこが》れるし、愛されたがっているわ。お若い人なら、尚更《なおさら》ですよ」

マダムもそうですか、といいそうになって佐々木は言葉を口の中で消した。これ以上、喋《しゃべ》っているとどんな失言をするかわからない。早々に女主人の部屋から退出して来た佐々木だったが、こうしてテラスでうたた寝をしている父親の傍《そば》であみものをしながら、時折、ずり落ちそうになる父親の膝掛《ひざかけ》に気を使っている順子をみていると、だから女はわからないとつくづく思う。

父親に対して優しい、よく気のつく娘であった。親子の仲もいい。夕食の時は一本のワインをほぼ半分ずつ二人で飲んでいる。父親の皿から、自分の好物を甘えて貰《もら》っていたり、料理を分け合ったり、まるで恋人同士のような睦《むつ》まじさでもある。そんな娘が父親の眼を盗んで恋人を作ったというのが、佐々木には信じられない。

だが、たまたま、パリの旅行社に勤務している磯田という社員が花ホテルにやって来て、彼の口から佐藤順子と小泉の恋愛沙汰がパリに住む日本人の間ではかなり評判だったことが語られた。

磯田が花ホテルへやって来たのは、正月に日本から来る特別な団体客十二人を、花ホテルへ泊めたいというもので、最初はモンテカルロのホテルを予定していたのだが、殆んどが老人に女性でギャンブルとは無縁だし、むしろ、日本語の通じる静かなホテルで、ゆっくり元旦を迎えたほうが喜ばれるのではないかと考えたらしい。

団体は入れない方針の花ホテルだったが、十二人で六室という小人数ではあるし、日頃、厄介になっている旅行社のことなので、佐々木は承知し、元旦の朝食には簡単なおせち料理と雑煮を用意することにした。

磯田とそんな打合せをしているところへ、ニースの空港から電話が入った。受話器をとってみると、佐藤武志の秘書の久保麗という女性で急用が出来て、これから花ホテルへ行くが泊る部屋はあるかという。佐々木とは以前、何度か顔を合せたことがある。無論、空室もあることで承知すると、久保はタクシーでエズの町へ来るという。ちょうど、佐藤父娘は佐々木の車でモンテカルロを見物に出かけていた。

「佐藤さんの秘書が来るのか」

佐々木の電話を傍で聞いていた磯田がいい、そのついでのように、

「佐藤さんの娘さんが、とんでもない奴にひっかかったの知っているか」

と訊いた。泊り客のプライバシイには触れない主義なので適当にとぼけていると磯田のほうは口が軽くて、

「流石《さすが》の佐藤さんも今度の件では、かなり参ったらしいよ。社長に直訴して日本へ帰ることにしたのも、娘さんを小泉から切り離すためだそうだ」

得意になって喋り出す。

「そんなに悪い相手なのか」

「ちんぴらだよ。パリにはいくらもいるじゃないか。よくも悪くもパリナイズされて、適当にフランス語が喋れて、適当にパリ通で、日本からやってくるお上りさんを小馬鹿にして、そいつらをカモにして飯をくってて、それほど大きな悪いこともしないかわりに、法律すれすれのところで器用に立ちまわっている。悪人じゃないが、まともな生活

はもう出来なくなっている連中だよ」

「どうして、佐藤さんのお嬢さんが、そんな奴にひっかかったんだ」

「佐藤さんが、日本から来るお客さんのガイドに、彼を何回か使ったんだ。佐藤さんにしてみたら、自分の有能な部下をどうでもいい観光目的のお客さんの接待になんぞ使いたくない腹だからね。そういうのは、なるべくアルバイトにやらせてるんだよ」

よもや、そんな手合に大事な娘を盗まれるとは夢にも思わなかっただろうと、磯田はいった。

「二枚目なのか」

「そうでもないがね。みかけは気の弱そうな奴だが、案外、したたからしい。又、娘さんがすっかり男に狂っているんでね」

「しかし、別れたんだろう」

いささか不快になって、佐々木はいった。佐藤武志ほどの男が、そんなちんぴらのために憔悴《しょうすい》し切っているのが気の毒でならない。

「まあ、ここへ来たのも、娘さんを落ちつかせるためじゃないかな。パリにいたんじゃ、男がつきまとって仕方がないからね」

これからマルセイユまで行くという磯田が帰ると入れかわりのように久保麗が花ホテルに到着し、彼女がフロントでチェックインをしている中《うち》に、佐藤父娘が戻って来た。

「やあ、君か」

女秘書をみて、佐藤武志は意外な声をあげたが、不快そうではなかった。

「御静養先まで参って申しわけございません。細かなことで、どうしても支店長の御判断をお願いしたい問題がございまして……」

久保麗は手ぎわよくエルメスのボルドーカラーのアタッシェケースからタイプした書類を取り出した。

「月曜日に篠原部長まで、お返事をお伝えすることになって居ります」

土曜日であった。

「折角の週末を気の毒だったね。せめて、ゆっくりして行きなさい。とにかく、今夜の食事を一緒にしよう」

父親と女秘書のやりとりを、娘は少しはなれて聞いていた。別に女秘書に対して嫌悪を持っているようではない。だが、かなり霧の濃くなっているホテルの庭へ向けている瞳《ひとみ》の奥には、明らかな孤独があった。

それを佐々木も、フロントへ出て来た杏子も殆んど同時にみてとった。

三

その夕食のテーブルでは、赤と白と二本のワインが抜かれた。

佐藤武志は娘と二人の時よりも酒量が増え、その分だけ会話も賑《にぎ》やかにみえた。

土曜の夜はダイニングルームの隣室にバンドが入って演奏をし、客はフロアでダンスが出来るようになっている。佐藤武志は食後、娘と女秘書を誘って、そっちへ席を移した。

まず女秘書と一曲踊り、次に娘の相手をしてジルバをスマートに踊った。

杏子は客に挨拶をしながら、サービスのシャンペンを勧めて廻っているし、佐々木も暇なフロントから出て来て手伝っていた。

今月は従業員を交替で休ませているので、週末、客が増えると少々、手が足りなくなる。

「お父様、ダンスがお上手ですのね」

杏子の声に、佐々木がふりむいてみると、佐藤武志は再び、久保麗と踊って居り、テーブルに一人っきりの順子へ気を使って、杏子が話しかけている。

「お似合いでしょう。あの二人……」

順子がシャンペングラスを口に運びながら、少し酔いの廻った声で応じた。

「すてきな秘書さんですわね」

「長いんですの。もう……父の仕事を手伝って……」

「御結婚なさっていらっしゃいますの」

「いいえ……独身です」

女同士の会話がなめらかに或る方向へ流れて行くのを、佐々木は感心して聞いていた。

「おきれいな方なのに……。お仕事をしていらっしゃると、なかなか結婚しにくいものでしょうかしら」

「父と結婚してくれるといいんですけど」

娘の声は、はっきりしていた。

「久保さんにはそのお気持があるようなのに、父が煮え切らないんですの」

「お嬢さまのことが御心配なのでしょう」

「結婚は母だけにしたいんですって。私、何度も再婚を勧めているんです」

「歿ったお母様のこと、お忘れになれないわけ……」

「今でも母の夢をみるみたいですよ。私のこと、間違えて、母の名前で呼んだりしますの」

佐々木はフロアのほうをみた。

二曲続けて踊ったのに、久保はもう一曲と佐藤に甘えるような素振りをみせている。佐藤はテーブルのほうをみて、娘が杏子とお喋りをしているのを認めると、安心したように再び秘書を抱いて踊り出した。

午後九時になって、佐々木はフロントへ戻った。今夜の宿直が佐々木の番である。従業員を帰して、一人でフロントにすわっていると、窓のむこうを霧が流れて行くのがみえた。

外燈の灯が霧の中で滲んだようなのもロマンティックだが、寒そうでもあった。外の気温はかなり下っているようである。

「随分、濃い霧ね。雨が降っているのかしら」

佐藤順子はフロントの前を通って玄関のドアのむこうをのぞくような素振りをした。

「今、何時ですか」

フロントへ戻って来て佐々木に訊く。

「九時十分です」

佐々木はフロントを出た。すぐ前がバアである。

「軽いカクテルでもお作りしましょうか」

「エズからここまでの道、カーブが多かったですね」

順子の眼がフロントの脇に貼《は》ってあるこのあたりの道路地図をみている。たしかに海岸線の道は大小のカーブが入り組んでいる。

「霧で大丈夫かしら」

「どなたか、いらっしゃるんですか」

反射的に訊いてから、佐々木はどきりとした。ここへ誰かが来るとしたら、順子の待つ相手は一人しか居ない。

「父がお話しましたのでしょう」

フロントの机によりかかるようにして順子が呟《つぶや》いた。

「小泉さんのこと……」

「今夜、みえるんですか」

佐々木はダイニングルームのほうを眺めた。

演奏は続いている。佐藤武志はまだ女秘書と踊っているのかと思う。

「みんながいうほど悪い人じゃありませんのよ」

訴えるように順子が続けた。

「男の人が、たった一人で外国で生きて行こうとしたら、そりゃいろいろあるでしょう。たしかに彼の人生は今まで挫折していたと思います。でも、やり直すって誓ってくれたんです」

なにかいいかけて、佐々木はホテルの上の坂道を車が下りてくる音に気づいた。慎重な運転らしい鈍い音である。

順子が玄関のほうへ走りかけ、佐々木はその肩へ手をかけて引き戻した。

「ホテルから出ないで下さい」

バアの中のバーテンにフランス語でどなった。

「ムッシュ佐藤を呼んで来るんだ」

車が玄関へ停った。順子が佐々木の手を振り切ろうとしてもがいたが、佐々木は摑んだ手を放さなかった。

ドアが開いて、男が入って来た。思ったより若く小柄であった。

「わかりにくい場所だね。道に迷ってとても困ったよ」

声も喋り方も女性的である。佐々木はあてがはずれた。順子と並んだところは姉弟のようである。

ロビイを走って佐藤武志が来た。背後に久保麗と杏子が続いている。

「貴様……」

佐藤がどなった。

「なにしに来た。順子はお前と別れたんだぞ」

小泉信夫がちょっと首をまげるようにして順子に訊いた。

「君、僕と別れるの」

優しい調子だが、恋人の父親を小馬鹿にしているふうでもある。順子が小さくかぶりをふった。

「順子……」

父親の表情は悲痛であった。

「お前はパパと約束したんじゃないのか。こいつとは別れる……」

「ごめんなさい。パパ」

娘の表情もみじめであった。

「この人、あたしが居ないと駄目なのよ」

「お前の力でなにが出来る。傷つくのはお前だというのがわからんのか」

「ごめんなさい。でも、あたし……」

順子が男の肩へ顔を伏せ、小泉がその背へ手を廻した。父親は男を突きとばし、娘を奪い取った。

「許さん。俺は断じて順子を渡さんぞ」

小泉はあっけないほど簡単によろめいて背中を壁にぶっつけたが、その顔は笑っていた。

「慌てなくて大丈夫だよ。車のエンジンが可笑《おか》しいんだ。だましだまし漸《ようや》く、ここまで来たのでね。明日、車を修理してから出発しようよ」

「帰れ。貴様なんか、パリへ帰れ」

父親が強引に娘をひっぱってエレベーターのほうへ歩き出し、その背へ小泉が相変らずの声でいった。

「明日、車がなおったら、声をかけるよ」

いささか気を呑まれて突っ立っていた佐々木は、その時、あとに残っていた久保麗が小泉を凄《すご》い眼つきでみつめているのに気がついた。小泉が顔を上げて久保をみる。が、どちらも瞬間に視線を逸《そ》らせた。久保は小走りに佐藤父娘を追って行き、小泉はバアへ入ってウォッカを注文した。バーテンが佐々木をみ、佐々木はやむなくうなずいた。飲ませないというわけにも行かなかった。

「みかけによらず、したたかね」

そっと杏子が佐々木の耳にささやいた。

「役者は、佐藤さんより上ですよ」

「根なし草は強いから……」

まともに腹を立て、抵抗するほうが弱い立場になる。なにをいったところで、小泉のような男は柳に風、蛙《かえる》の面《つら》に小便でしかない。

「どうするつもり……」

佐々木がフロントへ入ると杏子もついて来た。

「追い出すわけにも行きませんね」

「出て行くものですか」

土曜のことで、泊り客はかなりある。下手にさわぎを起したくなかった。

「幸い、僕が宿直ですから、ここで様子をみています。マダムはおやすみなさい」

「心配でねむれそうもないわ」

それでも杏子が出て行ったのは、コック長のボブと明日の献立の打ち合せがあったからであった。

ダンスタイムが終ると、泊り客はバアへ流れて来た。フロントから佐々木が眼を光らせていると小泉はすみのほうで黙々とウォッカを飲み続けている。

午前一時でバアは閉った。小泉がウォッカのグラスを持ったまま、フロントへ来た。

「すみませんが、朝までロビイでやすませて下さい」

佐々木は黙殺した。相手が故意に殊勝げにふるまっているのはわかっていた。強く出ればはねつけられるが、下手に出れば相手が処置に窮するというのを、ちゃんと心得ている。

ふと、思い直して訊いた。

「どうして、ここを知ったんだ」

佐藤武志が花ホテルへ来たのは、小泉を避けるためだ。

「順子が知らせてくれたんですよ。父親の隙をうかがって電話したんだね」

ロビイへ行ってソファに横になった。

なんとなく、佐々木は嘆息をついた。父親がどんなにがんばっても、娘は泣きながら父親の手を振り切って去ってしまう。それが恋をした女であった。相手がどんな男か、将来、なにが待ち受けているのか、恋に狂っている者の眼にはみえる道理もない。親や周囲の反対や叱責《しっせき》が身にしみるのは、不幸のどん底に叩き落されて、血の涙を流したあとのことである。

親になんぞなるもんじゃないな、と思い、佐々木は苦笑した。女房もいない身で子供の心配までしてもはじまらない。

フロントの電話が鳴ったのは、午前三時十八分すぎであった。電話は三〇五号室で、ミラノから来ていたイタリヤ人の夫婦だが、夫人のほうが急病だという。

佐々木は咄嗟《とっさ》にロビイの小泉をみた。ウォッカを飲みすぎたのか、彼は鼾をかいてねむっている。まあ、いいだろうと思い、佐々木はそのまま、三〇五号室へかけつけた。

夫人の病気は胃痙攣《いけいれん》であった。きいてみると持病だという。佐々木には少々、指圧の心得があった。別れた妻が、やはり胃痙攣の常習犯で、発作がおきるとよく指圧をしてやり、それで痛みがとまった経験がある。で、念のため、つぼを圧してみると、思ったより早く発作がおさまった。痛みさえ鎮まれば、夜があけてから病院を紹介してやればいい。

フロントへ戻りながら、時計をみた。午前四時を八分すぎていた。五十分ばかりを三〇五号室で過したことになる。

ロビイをみて、佐々木は蒼《あお》くなった。寝ていた筈の小泉信夫の姿がない。三〇一号室へ電話を入れた。佐藤武志の部屋である。出ない。

佐々木は階段をかけ上って三階まで行った。

廊下に女がうろうろしている。順子であった。佐々木をみると慌しく三〇一号室へととび込んでドアを閉めてしまう。ノックをして、

「お父様はお部屋ですか」

と訊いても返事がなかった。

深夜にあまり物音を立てるのも他《ほか》の部屋に気がねで、佐々木はフロントへ引き返した。

懐中電燈を持ってホテルの玄関を出た。玄関のすぐ脇に小泉信夫の乗って来た車がそのままになっている。外は霧が深かった。車の窓へ灯を向けて、佐々木はやれやれと思った。

後部の座席に小泉が体をななめにしてねむっている。

変な奴だと可笑しかった。ロビイで寝ていたのに、なにを考えて自分の車へ戻ったのか。

佐々木は玄関のドアに鍵《かぎ》を下した。フロントへ落ちつくとすぐに、今度は佐藤武志がやって来た。

「小泉をみかけなかったか」

という。

「彼は車の中で寝ていますが……」

不安になって、佐々木は問い返した。

「順子さんに、なにか……」

「いや、娘は部屋にいるよ」

ブランディが欲しいな、と佐藤がいい、佐々木はバアからグラスと瓶を運んで来た。

フロントの前の椅子に腰をかけ、佐藤はブランディを飲んだ。疲労が顔にも体にも出ている。

「娘というのは難かしいものだね。息子もむずかしいんだろうが、わたしには順子しかいない。なぐっていうことをきかせられるのはせいぜい小学校までだろうか」

「お嬢さんをなぐったんですか」

「なぐって、娘が思いとどまるなら、いくらでもなぐる。なぐれない親の気持が君にはわかるかね」

それでなくとも多い白髪が、更に増えたような佐藤武志を眺めて、佐々木はなにもいえなかった。

「男を殺してカタがつくなら、殺してやりたいくらいなんだ」

「いつか、おわかりになりますよ。お嬢さんに支店長のお気持が……」

「それじゃ遅いんだ」

一杯のブランディを空けて、佐藤武志は弱々しい足どりで部屋へ戻って行った。

四

車の中で寝ていた小泉信夫が、首をしめられて死んでいるのを佐々木が発見したのは、午前五時であった。

その時刻、佐々木は玄関のドアの鍵をあけた。まだ夜はあけて居らず、前夜と同じく濃い霧があたりにたちこめていた。小泉はとうとう車の中で夜をあかしたのかとのぞき込んで、窓をついでに叩いてみた。彼は身動きもしない。可笑しいと直感したのは、その時になってからで、車のドアを開けて小泉の体にかけてあったコートをひきめくると、オレンジ色のネクタイで首を締められている凄い形相が車内灯に浮び上った。はじめて気がついたのだが、車の鍵はドアの鍵穴に入ったままであった。

それからの佐々木の処置は素早かった。死体にはコートをかけ、車には鍵を下した。

コック長のボブ・フォルランを呼んで事情を説明すると、彼も呑みこみが早かった。

「エズの町に、ごく親しくしている警官がいます。今から行って呼んで来ましょう」

気のいい、イタリヤ人だから、こっちの頼みによっては、ことを大きくしないでくれるだろうという。

なんといっても、ホテルという商売柄、殺人事件は表沙汰にしたくない。

幸い、日曜のことで早発ちの客はない。

それから佐々木は佐藤武志の部屋に電話を入れて、彼にフロントまで来てもらった。

彼がブランディを飲んで部屋へひき上げてから三十分しか経っていない。

「順子さんは、どうしていらっしゃいますか」

まず訊いたのに、佐藤武志は腫《は》れぼったい顔で答えた。

「やっと、うつらうつらしているよ。わたしも今しがたベッドに横になったばかりだ」

佐々木は声をひそめた。

「小泉が殺されています。車の中です」

佐藤が顔色を変えた。

「まさか、君……」

「たった今、発見したんです。昨夜、僕がのぞいてみた時には、もう死んでいたのかも知れません」

昨夜といっても、佐々木が最初に車の中の小泉をみたのは、四時すぎである。それから、ほんの一時間足らずで、死体であることを再発見した。

半信半疑の佐藤を車へ連れて行って死体をみせた。普段、剛毅《ごうき》な男だが、流石に唇まで土気色になった。

「犯人は俺じゃない」

フロントへ戻ってくるのが漸くであった。佐々木は彼をバアの椅子にかけさせた。

「支店長を疑いたくはありませんが、真実を知らなければどうしようもないのです。申しわけありませんが、昨夜のことをなんでもけっこうです。お話下さいませんか」

少くとも、三〇五号室から電話のあった午前三時十八分まで、小泉はロビイのソファで眠っていた。問題は佐々木がフロントへ戻ってくるまでの五十分であった。

「昨夜はずっと娘と話し合っていた」

乾いた声で佐藤が話し出した。

「話しても話しても平行線で、俺はとうとう娘といい合いになった。何度、なぐりつけようと思ったか……」

そんな時、廊下に足音がした。

「君の声が聞えた。どこかの部屋に病人でも出た様子だった……」

「三〇五号室です」

同じ階であった。しかも、佐藤父娘の部屋は三〇一号室と三〇三号室が一緒になってスイートルームとして使えるようになっているから、三〇五号室は、すぐ隣ということになる。

「わたしが部屋を出たのは、そのままでは、どうしても娘をなぐりそうだったのと、おそらく小泉がこのホテルのどこかの部屋に泊っているだろうと思い、あいつにいうだけのことはいってやる気で、あいつの部屋を訊きにフロントへ行ったんだ」

小泉はロビイのソファに寝ていた。

「俺はあいつをぶんなぐってやった。眼をさましたあいつにどなりもした。頼みもした。前にさんざんやって来たことの繰り返しだ。あいつは、いつもの通りだ。愛し合ってしまったんだから仕方がないの一点ばりだった」

なにをいっても無駄だと気がついて、佐藤武志はエレベーターへ戻った。

「よくよく逆上していたんだね。エレベーターの中でボタンを押すのを忘れて、ぼんやりしていた。なにを考えていたのか自分でもよくわからない。気がついて、ボタンを押して三階へ行き、部屋へ戻った」

「順子さんは、その時……」

「居間にいたよ。俺のことが心配になって廊下へ出たら、君が階段を上って来たので部屋へ戻ったといっていた。それからわたしはもう一度、ロビイへ行った。小泉が気になったからだが、その時は君がフロントにいた」

佐々木はちょっと考え込んだ。三〇五号室からの帰りにエレベーターの前を通った時、たしか、ランプは一階に点《つ》いていた。その時、佐々木は大抵、階段を利用しているので、その前を素通りしてフロントへ下りた。その時、小泉の姿はロビイから消えていた。次に三階へ行く時もエレベーターの前を走って階段で上った。エレベーターのドアは閉っていて、ランプは一階に点いたままだった。おそらく、あの時、エレベーターの中で佐藤武志が茫然《ぼうぜん》自失していたというのは本当だろうと思案した。あの時刻、他の客がエレベーターを使用する筈がない。

だが、もし佐藤武志のいうことが本当なら、小泉は佐藤がロビイを立ち去って、佐々木が三階から下りてくる、僅《わず》か五、六分の間にロビイを出て、外の車の中に移ったことになる。彼の意志でそうしたのか。それとも誰かが、彼をそこへ連れ出したのか。

しかも、最初に佐々木が車の中の小泉を発見した時、彼が死んでいたとしたら、殺人はほんの十分かそこらの中に行われたことになる。

「信じてくれというのが無理かも知れない。しかし、わたしは小泉を殺してはいない。勿論《もちろん》、順子も犯人じゃない」

その時、杏子がロビイに出て来た。まだ事件のことは知らない筈だが、やはり順子と小泉のことが気になってねむれなかったようで顔色が悪い。

「佐々木さんかしら。昨夜、温室の暖房上げてくれたの」

佐々木はあっけにとられた。

「昨夜、気温が下ったのに、あたし、うっかりしていて、温室の暖房調節に行かなかったの。今朝、慌てて行ってみたら、ちゃんと上っていたから……」

「ビルギットじゃありませんか」

コック長の女房であった。

「いいえ、あの人もね、今朝、慌てて温室へとんで来たの」

佐々木の眼が遠くをみつめた。

昨夜は寒かった。コートダジュールでも十一月の昨夜のような気温では、とても野宿は出来ない。車の中にいた小泉を、さぞ寒いだろうと眺めたものである。

或る思いつきが、佐々木の脳裡《のうり》をかすめた。

最初に佐々木が車の中の小泉をみた時、犯人はまだその近くにいたのではなかったか。

あのあと、佐々木は玄関に鍵を下した。犯人は戸外にとり残された。寒い夜である。おそらく犯人に防寒具の用意はなかっただろう。じっとしていることが出来なくて、ホテルのまわりを歩き廻って、誰でも眼につくのは一晩中、暖房用のライトのついている温室ではなかったか。犯人はビニールの温室に入る。それでも明け方の冷え込みは厳しい。犯人はたまりかねて温室の暖房を調節する。

犯人があの時、外にいたとしたら、佐々木がそのあとロビイで話をした佐藤武志はシロである。無論、順子も。

「秘書の久保さんですが、小泉となにか、かかわり合いがありますか」

佐藤がためらった。

「小泉を最初に、わたしに紹介したのは彼女だった。アルバイトのガイドとして使ってくれないかといってね」

「彼女と小泉の仲はどう思います」

「まさか、そりゃないだろう」

「支店長は御存じなくとも、パリにいる連中に訊いてみるとわかるかも知れませんね」

「君、久保君は断じて、そんな女じゃないよ。わたしが保証する……」

ゆらりと柱のかげから久保麗がよろめき出て来た。

「支店長、私です……私が小泉を殺しました」

杏子がふらふらと佐々木に倒れかかった。

「マダムって、意外に気が小さいんですね」

温室の中は、暑かった。三日ぶりの晴天のせいである。暖房を切っても、まだ、中にいると汗が出る。

「だって、あたしは人が殺されたのも知らなかったのよ。それなのに、いきなり、あの人が、私が殺しましたって……」

温室の中では、ミモザが一足先に咲いていた。強い花の香で、うっかりすると酔いそうな案配である。

「久保麗は小泉の女だったそうですよ。それも、力ずくでそうなって……、彼女は彼女なりに小泉に愛情を持って、いろいろ面倒をみていたんでしょう。しかし、男は、やがて重役の娘にのりかえた。捨てられたんですよ。あげくの果に、小泉は口が軽いから、面白ずくというか、自慢たらしくというか、久保との関係をみんなに喋っている。久保にしてみれば夢も希望もなくなる思いだったんでしょう。彼女がここへ来たのも、小泉が必ず順子を連れ出しに来ると知って……なんとか妨害したいと。最初から殺す気があったのかどうかはわかりませんがね」

「小泉って男を愛してたわけ……」

「愛と憎しみは背中合せといいますからね」

気持の上で愛したのは佐藤支店長だったろうが、肉体は小泉信夫を忘れかねている。

「女の人は怖いですよ」

「悪いのは、男じゃないの」

車の中の殺人で、ホテルの建物にも敷地にもけちがつかなかったのを喜んでいる佐々木の気も知らないで、女主人は今日も勝手なことをいいはじめた。

「ねえ、この温室、犯人がかくれていたなんて気持が悪いから、とりこわして、どこか別の場所に建てなおして下さらない。ついでにビルギットが温度の調節も最新式のサーモスタットにしましょうって……」

佐々木は返事のかわりに、ワイシャツをめくり上げた腕で、額の汗を拭いた。

女客

一

ニースの空港の駐車場へ車を入れて、杏子と佐々木三樹が空港ロビイへ歩いてくると、すぐ、パリからの到着便のアナウンスが聞えた。

「定時に着きましたね」

春先から吹き荒れたミストラルが、今月に入ってふっつり止《や》むと、コートダジュールは空の色も、海の気配も、やがて訪れる夏を予告するように、日一日と明るくなってくる。

もっとも、暦の上では、まだ四月であった。

外国人にまじって少々、心細そうに下りてくる姉の姿を、杏子はいちはやくみつけて手を上げた。茶のパンタロンに七分コートで、大きなショルダーバッグと、重そうなボストンバッグを下げている。

走りよって、杏子はバッグを受け取った。

「いらっしゃい。姉さん、疲れたでしょう」

桃子は脂の浮いた顔で、にっと笑った。

「南フランスいうだけあって、あたたかいやないの」

佐々木三樹が、杏子の隣から声をかけた。

「はじめまして、佐々木です。お荷物をとって来ますので、半片をお借り出来ますか」

桃子がぎょっとしたような表情になったので、杏子は慌てて紹介した。

「いつも手紙に書いているでしょう。マネージャーの佐々木さん」

それでもぼんやりしている姉のバッグから、航空券にとじつけてある手荷物の半片を取り出して、佐々木に渡した。

心得て佐々木はすぐターンテーブルへ走って行く。

「いややわ、わたし、こないな恰好《かっこう》で……」

姉が睨むように妹を見た。

「あんたが一人で迎えに来る思うたよって、お化粧もせんと……」

トイレはどこや、といわれて、杏子は案内した。姉の化粧は長かった。

「こんな野暮ったい服を着てくるんやなかったわ」

「佐々木さんは平気よ。そんなこと気にする人じゃありません」

「うちがいやなんよ」

愚図愚図している姉をせきたてて戻ってくると、佐々木はもう駐車場から車を出して来ている。

「このスーツケースで間違いはありませんね。他におあずけになった荷物はございませんか」

車のトランクをあけて、二個のスーツケースの確認をすると、姉妹を後部の座席へ乗せる。

姉が気どっているのに杏子は気がついた。

日本からの長い旅で、よれよれになって出て来た時とは、うってかわって、しなを作って挨拶したり、口許《くちもと》に手をあてて喋ったり、笑ったりしている。

むかしから、この姉には、そういうところがあったと杏子は思い出していた。

相手が男か女かで、態度がまるっきり変ってしまう。それは、誰にでもあることだろうが、桃子の場合は極端にすぎた。

車がエズの町へ入り、花ホテルへ到着すると、フロントにいたマークがまず出迎えた。マークは、コック長のボブ・フォルランの息子だが、昨年からスイスにある有名なホテル学校に入っている。たまたま、イースターの休みに帰って来て、早速、佐々木三樹の下で見習をやっている。

桃子はどの従業員にも愛敬たっぷりに挨拶し、やがて用意された客室へ入った。

杏子と二人きりになると、忽《たちま》ち全身を弛緩《しかん》させて、ソファの上にすわり込む。

風呂の仕度は妹がした。

「夕方まで、一休みするといいわ」

フロントへ戻ってくると、佐々木がマークから留守中の電話を訊《き》いている。杏子をみて微笑した。

「お姉さん、だいぶ、お疲れのようですね」

「ヨーロッパは、はじめてだから……」

「それじゃ、あっちこっち御案内しないといけませんね」

何日ぐらい滞在の予定かと訊かれて、杏子は首をかしげた。

「まだきいていないけれど、そう長くも遊んでいられないでしょう」

京都の旅館に嫁いだ姉であった。夫は三年前に歿《なくな》って、姉が女主人である。もっとも、姑《しゅうとめ》も健在だし、古くからの番頭や女中頭もいる。

「たまの息抜きだから、ゆっくり出来るといいけれど……」

それに対して佐々木はなにもいわず、かかって来た電話へ手をのばした。

桃子が夕食に階下へ下りて来たのは八時を少し廻った頃で、たまたまロビイにいた客が一せいに彼女に注目したのは、その和服姿のためであった。

ピンクの地に紫と白の蝶が染めてある友禅は、桃子の年齢にはやや派手だったが、それなりによく似合っている。

「姉さん、きもの持って来たんですか」

近づいて杏子が声をかけると、きまり悪そうに笑いながら、

「そやかて、洋服のよそゆきなんぞ持って居らんもん」

上体をひねったのが、なんとも色っぽい。

「うちはリゾートホテルだし、ダイニングルームでも、普段着でかまわないのよ。なんならあたしの部屋で一緒に食事してもよかったんだし……」

杏子は、そのつもりであった。

「折角、きものきて来たから、ダイニングルームへ行って食べてくるわ」

桃子がそういうので、杏子は姉をダイニングルームへ案内し、メニュウの説明やら注文やらをしてやってから、料理が来るまで話相手をした。

「杏子は食べないの」

「働いてる人間が、お客様と一緒のテーブルで食事は出来ないのよ」

それは、日本でも同じでしょうというと、桃子は納得して、悠々とワインを飲み、食事を始めた。

杏子が自室へ戻ってくると、待っていたように佐々木が顔を出した。

「お姉さんは和服がお似合いですね。先程とは別人のように見えますよ」

杏子は苦笑した。若い時から自分をもっとも魅力的にみせる方法を知っている姉である。

が、佐々木はそんなことをいうために杏子の部屋へ来たのではなく、

「明日、お着きになるパキエ様のお迎えは、僕一人でいいですか」

ジョセファ・パキエは、杏子にとって、姑に当る人であった。もともと、貴族の出身で、パリの上流社会に顔が広く、花ホテルを開業するときも随分、力になってくれたが、当人がここへ来るのは、はじめてのことであった。

「お迎えは私が行きますわ。他の方とは違いますから……」

「それでは、僕もお供しましょう」

「私一人で行きますよ。そのほうがいいわ」

ちょっと考えて杏子がいったのは、パキエ夫人は息子のジベールと一緒で、もしも、かなりの荷物があると車のトランクに積み切れず、助手席をあけておいたほうが安全だと思ったからだが、佐々木は眉を寄せるようにして、

「では……」

といい、すぐに部屋を出て行った。

翌日、杏子は予定よりも早くに車を自分で運転してニース空港へ向った。明るい服をえらび、化粧にも時間をかけたのは、久しぶりに逢《あ》う姑に、仕事で疲れたような自分をみせたくない気持からであった。

パキエ夫人は、髪がすっかり銀色になっていたが、相変らずおっとりと優しい感じで、杏子を何度も抱きしめて再会を喜んでくれた。ジベール・パキエは、杏子にとって亡夫

の弟であった。

「なくなったピエールに、そっくりになったでしょう」

若い頃は芸術家タイプの繊細な青年だったのが、すっかりたくましくなって、精悍《せいかん》な印象が強い。

杏子の車は、彼が運転することになった。

「そのかわり、道案内をして下さい」

母親は息子の言葉にうなずいて、杏子を助手席にすわらせ、自分は後から、なにかと話しかける。そんな雰囲気は、杏子がパキエ家の嫁であった時とちっとも変らず、杏子はふと亡夫と並んでいるような錯覚を起しそうになった。

花ホテルの玄関には佐々木三樹とボブ・フォルラン、その妻のビルギット、息子のマークが揃《そろ》って出迎えた。

ボブ・フォルランは、もともと、パキエ家に奉公していたのが、パキエ夫人の勧めでリヨンのレストランで働くようになり、更に、杏子が花ホテルを開業する時、夫婦して馳《は》せ参じてくれたものである。それだけに、パキエ夫人とその息子の来訪をどれほど待ちのぞんでいたか知れない。

佐々木は助手席から下りた杏子をちらと眺めたが、いつもの表情で丁重に、パキエ母子《おやこ》に挨拶をした。

部屋はこのホテルで最上のスイートルームである。この部屋にはダイニングルームもついているので、

「杏子も一緒に食事をしましょう。どんなに話したいことが沢山あるか、話しても話しても足りないくらい……」

とパキエ夫人は片時も杏子を傍《そば》からはなしたくない様子である。

夕食は勿論、ボブが腕をふるい、ビルギットが自分で運んで来たのだが、杏子が驚いたのは、シャンペンを佐々木が持って来てサービスをはじめたことである。

「本当にいいホテル、御成功、おめでとう」

パキエ夫人がシャンペンのグラスをあげ、杏子は心から頭を下げた。

「お姑《かあ》さまのおかげですわ。いいお客様を沢山、紹介して下さいまして……」

「パキエ家も、あなたのおかげで立派にたち直りましたよ。ジベールがいくつものデザインの賞を受けましてね」

宝飾細工のデザインであった。パキエ商会は、パリで有数の宝飾商である。パレ・ロワイヤルに本店があり、ロンドンとニューヨークに支店がある。創立は一八五九年、杏子の夫であったピエール・パキエはその三代目であった。初代パキエの時から世界一流の宝飾商として知られていたが、危機が訪れたのは二代目パキエ氏が歿って、ピエールが店を継いだ直後であった。

が、それも今は乗り越えて、殊にここ数年、四代目ジベール・パキエが矢つぎ早やに発表した新しいデザインが爆発的な人気を得て、名実共にパリの宝飾界のトップに躍り出ている。

「ジベール様のことは、よく存じて居りましたの。私もいつかパリへ出て、ジベール様のデザインのアクセサリーを求めたいと思って居りましたのよ」

杏子の眼許に、かすかだが酔いが出ていた。

まだ、シャンペンを二杯とあけていない。

ジベールがポケットから小さな包を出した。

白い包装紙にグリーンのリボンのかかったその包は、パキエ宝飾店独特のもので、ジベール・パキエの頭文字のGPを押した赤い蠟《ろう》の封印が鮮やかである。

「杏子のために、僕がデザインした。ささやかなプレゼントだが……」

杏子の手がおずおずと包紙を開くのを、佐々木はシャンペンをジベールのグラスに注ぎながら眺めていた。

皮張りの小箱の中には、珊瑚《さんご》の花型のブローチがおさまっていた。花びらの上に点々と露の玉のようにダイヤが散らばり、花芯《かしん》には小さな真珠とダイヤがあしらってある。

ジベールがそれを取って、杏子の黒いドレスの、大きく結んだボウの結び目の上に止めるのを眼にしてから、佐々木は新しいワインを運んで来たマークと交替して、スイートルームを立ち去った。

二

翌日も、杏子はパキエ母子につきっきりであった。

三人で庭を散歩したり、テラスでお茶を飲んだりしている。午後からはジベールの運転する車でグラスの町へ出かけて行った。

「佐々木さん、たまには一服おしやしたら」

フロントへ桃子がやって来て、佐々木はテラスのすみへコーヒーを運んだ。ちょうどホテルが一番、暇になる時間であった。

「ジベールさんて、えらい恰好ええお人やね」

今日は大島紬《つむぎ》に染帯という洒落《しや》れた身なりで、桃子は佐々木のいれたコーヒーをおいしそうに飲んでいる。

「昨夜、杏子がいうてたわ。歿った旦那さんにそっくりやて」

「彼、独身ですか」

訊くまいと思っていながら、佐々木はつい口にした。

「奥さんと離婚しはったんやと。奥さんはアメリカのバイヤーともう再婚しはったそうや」

佐々木は黙って煙草に火をつけた。仕事中は全くの禁煙だから、午後のこの時間と、更けて自分の部屋へ戻ってからの一服が実に旨《うま》い筈だが、今日はさほどにも思えなかった。気持がどこかで苛々《いらいら》している。

「佐々木さん、杏子がイタリヤ人の金持と結婚したいきさつ、知ってはるの」

「アンジェロ氏のことですか」

その男の顔は花ホテルのオープンの時に、ここへ来たから知っているが、杏子が何故《なぜ》、彼と結婚したのかは聞いていない。

「ひょっとすると、パキエ商会と関係があるんじゃありませんか」

昨夜、食事の時に、ちらとパキエ夫人が洩らしたのを、佐々木は耳にとめていた。

「わたしもね、杏子からじかに聞いたわけやないのよ。その頃、パリにいた銀行の支店長さんがあとになって、日本へ帰りはってから話してくれたんやけど、杏子の旦那のピエールさんの代でパキエ宝飾店は火の車やったんですと。つまり、先代から信用していた番頭はんみたいな者に、財産をいいようにされてしもうて、おまけにアラブのなんとやらいう王さまが店を買うという話まで出たそうですわ」

そんな時にピエールが急死して、パキエ商会は代がわりするかと思えたのだが、

「その時、助けてくれはったのが、イタリヤ人の金持やそうで、まあ、なにが本業やら

得体の知れん人やけども、あっちゃこっちゃに顔がきいて、とにかくパキエ商会を人手に渡さんですむようにしてくれはったんですけどな、ただ助けてくれたんやのうて、おめあては杏子やった。男はんのねらうところは、どこでも同じじゃ。杏子かて、そないにいわれたら、もう断るわけにも行かなんだんやと思いますわ」

桃子が佐々木をみつめ、佐々木は眼を逸《そ》らせた。

「しかし、アンジェロ氏は、なかなかの男前でしたよ」

オープンの時にみた印象では、俳優だといっても通用するほどの容貌《ようぼう》と体軀《たいく》の持ち主であった。

「そら、佐々木さん、悪役がいつもデブのハゲチャビンとは限らんでしょうが……」

声をたてて桃子が笑い、佐々木も苦笑した。

フロントに電話が入って、午後の会話はそれきりになったが、佐々木の気持は一層、落付かなくなった。

花ホテルの開業の時、パキエ夫人がなにかと親切にしてくれたのも、桃子の話をきけば、当然であった。

息子の嫁が、我が身を殺してパキエ商会を守ったのであってみれば、姑として杏子にすまないと思う気持は強いに違いない。

まして、杏子はアンジェロと別れて、独立してホテルの経営者になった。姑としては、かつての嫁がいじらしく思えてならないのかも知れない。

が、佐々木が気にしているのは、ジベールのことであった。杏子にとっては、夫の弟で、しかも夫によく似ている男であった。

ピエールと、どうして結婚したのかについて、杏子は佐々木に、

「パリに留学している時に、知り合って」

と話したことがある。その口ぶりで、恋愛と想像はついている。

国籍の異る相手との結婚は、誰しも勇気のいるものだが、それを乗り越えるほどの熱烈な恋をした男が若死にして、今、その弟が独身で、事業の成功者として杏子の前に現われている。

なにも考えまいと決めていても、佐々木には無理であった。

パキエ母子と杏子がホテルへ戻って来たのは夕方の六時すぎで、杏子はちょっと興奮していた。

「内緒だけれど、パキエ商会で、来年、オリジナルの香水を売り出すんですって……」

一流の宝飾店が香水を売り出す例は、ヴァン・クリフ・アペルの例があるが、

「ジベールはね、自分のデザインしたアクセサリイのイメージに合せた香水を売りたいそうよ」

その打ち合せをグラス在住の調香師として来たという。

「今年は何回もグラスに足を運ぶことになりそうですって」

それが楽しくてならないような杏子の口ぶりに、佐々木はむっとした。

「なんでもけっこうですが、一人のお客様にかかりきりになって、他のお客様のことを忘れないで下さい」

「あたしが、他のお客様をないがしろにしているとでもいうの」

「別に、そういうわけじゃありませんが、お姉さんをほったらかしでは、お気の毒です」

杏子が複雑な表情になった。

「ガイドをつけてあげるといっても、ホテルでぼんやりしていたいっていうんですもの。佐々木さんから、どうしたらいいか、訊いて下さい」

だが、その夜は、流石《さすが》にパキエの部屋へ食事に行かなかった。いつものようにダイニングルームへ出て、客に挨拶をしたり、こまかく気を使っている。佐々木は、いくらか、ほっとしていたが、遅い夕食をすませてフロントへ戻ってくると、杏子とジベールがシャンペングラスを持ったまま、寄り添って庭へ出て行くところであった。

ぽつぽつ気候がよくなって、殊にこの二日ばかりは夜のそぞろ歩きも悪くない暖かさであった。

暫《しばら》くは庭のほうを気にしながらフロントで仕事をしていたが、一向に二人は帰って来ない。たまりかねて、佐々木はフロントをマークにまかせて庭へ出た。

ローマ時代からの石垣のある海へ向ったテラスに、やっぱり二人は立っていた。

佐々木の足音で、杏子がふり返り、きれいなフランス語でジベールにいうのが聞えた。

「もう戻りましょう。お姑さまが心配なさるわ」

ジベールより一足先に歩いてくる杏子の顔が、今夜もいくらか酔っている。

夜の庭で、佐々木は暫く波の音を聞いていた。そうでもしないと心が鎮まらない。逆上した儘《まま》でフロントへ戻るのは、我ながら気恥かしかった。

考えてみれば、花ホテルで働くようになって一年余り、女主人とマネージャーの垣根がはずれたわけではなかった。

「なにしてはりますの、こないなところで」

桃子の声が間近かに聞えるまで、佐々木はぼんやりしていた。相変らずの和服姿で、かなり強い香水は杏子の愛用しているものである。

「庭の見廻りですよ。夜は必ず巡回することにしているんです」

佐々木はかろうじて態勢を立て直した。

「夜の海もええもんどすなあ。これ、地中海でっしゃろう」

桃子は石垣に手を突いて斜めに佐々木を見た。

「杏子が結婚したら、このホテル、どないなるんやろう」

呟《つぶや》くような言い方であった。

「マダムが結婚するんですか」

いくらか取り戻していた理性が、急に吹きとんだ感じであった。

「かも知れんわ」

「相手は、ジベールですか」

「よくある話やないの。兄さんの嫁さんを弟が好きになるいうの」

「マダムが、お姉さんに相談されたんですか」

「杏子はなんにもいわん。あの子はむかしから口の重い子や」

佐々木は、桃子から少し離れた石垣に寄りかかって海を眺めた。

杏子がジベールと結婚したら、花ホテルはどうなるのかと思う。ジベールは当然、杏子をパリへ連れて行くだろうし、そうなった時、花ホテルは……。

「うちが女主人になったら、どうやろな」

外燈の灯の中で、桃子が艶然《えんぜん》と笑った。

「佐々木さん、うちを助けてくれはりますか」

「京都のほうがあるじゃありませんか」

桃子の言葉を、佐々木は冗談と受け取った。

「れっきとした、京の宿のおかみさんが、なにをおっしゃるんですか」

「京には、うちの居場所はあらへん」

思いがけないことを、桃子はいい出した。

「昨年から妹夫婦が同居してますねん」

歿った夫の妹で、呼びよせたのは姑であった。

「女ばかりでは商売のさきゆきが心配やいうて、妹のつれあいに会社やめさして、宿屋商売のいろはから教えてまんね。いずれは妹夫婦が店をやるようになって、その時、うちはお払い箱や」

佐々木はあっけにとられた。

「そんな馬鹿なことはないでしょう。仮にも御長男の奥さんだった方を……」

「子供のない嫁の立場は弱いもんどす。口に出して、でて行けいわれんでも、邪魔者にされてるのはようわかりますわ」

軽く嘆息をついて、桃子が佐々木に近づいた。

「もしも、うちが花ホテルを受け継ぐようになったら、佐々木さん、うちと一緒にこのホテルやってくれはりますか」

さりげなく片手が佐々木の胸にかかった。

「うちは佐々木さんをマネージャーになんぞしておかん。佐々木さんさえ承知してくれはったら、うちの……」

佐々木は女の手を取って押し戻した。

「折角ですが、マダムがもしも結婚なさって、このホテルをおやめになる時は、僕もお暇を頂きます」

杏子以外の女主人に仕えるつもりはなかった。

「佐々木さんは杏子が好きなんやね」

顔をそむけるようにして、桃子が笑った。

「そういうことじゃありません」

佐々木がホテルへ向って歩き出すと、桃子もついて来た。

「杏子が、このホテルをはじめたのは、うちの死んだ主人を忘れられないからやと思うわ」

前後の脈絡もなく、桃子の口からこぼれた言葉に佐々木はひっかかった。佐々木が足を止めると桃子は息が顔にかかる近さで寄り添った。

「ほんまやったら、京都へ嫁入りするのは、杏子のほうやったのよ」

桃子の亡夫の林真一が、東京の大学にいた時分、父親同士が昵懇《じっこん》でよく朝比奈家へ遊びに来た。

「うちは長女で、いずれ養子をもろうて家を継がんならん立場やったから、うちの父は杏子を真一のお嫁さんにするつもりやったんやけど、なにも、親のいいなりにならんかて、よろしいやろ」

「マダムの恋人を、お姉さんが奪ったというんですか」

「杏子は、そないに思うてるかも知らん。あの子、京都の旅館のおかみさんになりそびれて、それで、このホテルをやる気になったんよ、きっと……」

フロントへ戻ってから、佐々木は何故、桃子があんな打ちあけ話をしたのかと考えた。妹は恋多き女だと、佐々木を牽制《けんせい》した心算《つもり》かも知れない。

深夜、十二時を過ぎて、佐々木は今夜の宿直のマルネフと交替してフロントを出た。

バアの前を通りかかると、もう誰も居なくなったカウンターのすみに、桃子が一人、ブランディを飲んでいる。

「あとは僕がみるよ」

バーテンに声をかけ、佐々木は桃子の前に立った。

夏場を除いて、バアは大体、十二時で閉めているが客がいれば追い出すわけには行かない。

「杏子の部屋にジベールさんが来てはるのよ」

バーテンが出て行くのを待っていたように、桃子がささやいた。

「さっき、杏子と話をしようと思って部屋へ行ったら、ジベールさんが居てはるやないの。まあ、すっかりあてられてしもて、口惜《くや》しいから、ここで飲んでたんや」

「何時頃ですか」

「一時間ほど前やったけど……」

「まだ居るんですか」

「野暮なこといわんとき」

笑いながらブランディを飲んでいるのをみて、佐々木もウォッカの瓶へ手をかけた。

桃子の前で、動揺するまいと思い、腹に力を入れて強い酒を飲んだ。

「同じ姉妹なのに、どういうんやろかしらん。杏子はなんぼでもええ男にめぐり合《お》うて、ええようになって行くのに、うちは男運の悪いこと、なんで、そないに差がつくんやろ」

酔いの廻った声で桃子が呟いている。

「マダムだって、そう男運がいいとはいえないでしょう」

最初の夫とは死別しているし、二度目の、といっても正式に結婚したわけではないらしいが、アンジェロとは男の浮気が原因で別れている。

「それでも、杏子ばっかりがもてるんよ」

どっちが美人かといえば、自分のほうが美人だと桃子は冗談らしくいう。

実際、眼鼻立ちの整い方からすれば、桃子のほうが日本美人の典型のようであった。肌の白さも、黒く濡れたような感じの髪の色も色っぽい。ぼつぼつ四十を出ていた筈だが、そんなふうにはみえなかった。

「世の中、思うようには行かないものですよ」

佐々木が口を開いたのは、妄想に耐え切れなくなったからであった。ジベールの腕の中にいる杏子の姿が妙になまなましく瞼《まぶた》に浮んでくる。

「神様は依怙《えこ》贔屓《ひいき》やわ」

桃子がグラスをカウンターにおいた。そのまま、行儀よく手を重ねた上に顔をのせて、うつらうつらしている。気がついて、佐々木は彼女をゆり起した。

「お部屋までお送りしましょう。もう、おやすみになったほうがいいですよ」

桃子は素直に佐々木にもたれて立ち上った。

全身を佐々木にあずけてエレベーターへ歩いて行く。

女の体が、こんなに温かいものだったかと佐々木はいささか、くすぐったい気分であった。

花ホテルにつとめてから、女と遊ぶことがなくなっている。別に禁欲の意識があったわけではない。モンテカルロまで行けば、その種の女にはこと欠かなかったが、その気にならなかった。

桃子のゲストルームは三階であった。エレベーターを下りるあたりから、桃子の体から力が抜けて来た。佐々木に寄りかかっているのが、うっかりすると床にくずれ落ちそうになる。やっとの思いで、佐々木は三〇五号室へたどりつき、桃子が帯の間に入れていた鍵《かぎ》を取ってドアを開けた。

軟体動物のような桃子の体をベッドの上に抱え上げると、いきなり桃子が両手を佐々木の背へ廻して来た。はずみで桃子の体の上へのしかかったような恰好でバランスを失うと、すかさず桃子が唇を求めてくる。

乱暴に、佐々木は払いのけてベッドから下りた。相手の酔態が半分は芝居であったと知った以上、遠慮はなかった。桃子がなにか叫んだようだったが、かまわず部屋を出る。ドアを閉めて、はっとしたのは、すぐ隣の三〇三号室からも人が出てくるところだったからである。

マークであった。むこうもぎょっとしたように佐々木をみる。

三〇三号室は、三〇一号と続くスイートルームで、そこに入っているのはパキエ母子であることに佐々木は気がついた。

「どうかしたのか」

マークに訊《たず》ねた。

「ジベールさんが、お呼びでしたので……」

「ジベールさんは、お部屋なのか」

意外であった。桃子の話では、杏子の部屋にいる筈である。

「そうです」

「御用は、なんだった」

「冷えたシャンペンが欲しいとおっしゃっています」

「それは、わたしがお持ちするよ。君はもうやすんでいい」

休暇で帰って来ているマークを深夜まで働かせるのは気の毒だと佐々木は判断した。

「遅くまですまなかった」

マークは少し赤くなり、佐々木に会釈をして階段を下りて行った。

バアへ戻ってシャンペンの用意をし、佐々木は自分で三〇三号室へ運んだ。

ノックをすると、ジベールがドアを開けた。

「シャンペンをお持ちしました」

居間のテーブルへおこうとすると、ジベールは寝室へ運んでくれと小声でいった。居間とドアでつながっている三〇一号室には、母親がねむっている。物音で母親の眠りをさまたげないための配慮かと思い、佐々木は寝室のテーブルへシャンペンを持って行った。

この部屋はダブルベッドであった。おやと思ったのは、ベッドがかなり乱れていたことである。ジベールは一度、寝てから眼をさましてシャンペンを注文したのだろうか。

佐々木はそんなことを考えながら、彼の命ずるままにシャンペンを抜き、氷で冷やしたグラスに注いだ。

「君も一杯だけ、つき合ってくれないか」

優しい口調でいい、ジベールはもう一つのグラスに自分からシャンペンを注いだ。

「もう仕事は終ったのだろう」

いつもの佐々木なら固辞するところであった。ジベールの勧め方は巧みで、佐々木は断りそびれた。

「このホテルの経営はうまく行っているの」

シャンペンを一息に飲み干して、ジベールが訊く。成程、そういう話がしたかったのかと合点して、佐々木もシャンペンに口をつけた。

「今のところ、順調ですが」

開業一年間の収支は、僅《わず》かだが黒字になっている。

「それはよかった」

軽く首をかしげるようにしてジベールが佐々木をみつめた。白いシルクのパジャマに紫の部屋着という、日本人からみると女のような恰好が金髪の彼には可笑《おか》しくなかった。腕に巻いた細い金の鎖が、彼がグラスに手をのばす度にさらさらと小さな音をたてる。

ジベールが杏子をどう思っているのか訊いてみようかと決心して佐々木は顔を上げた。視線が合うと、ジベールは微笑した。なんということもなく、佐々木は背中がぞくぞくした。

「君はすてきだ」

吐息のようにジベールがささやき、佐々木の眼の中をのぞくようにして続けた。

「よかったら、歯をみがいて来ない」

一瞬、佐々木はあっけにとられ、次に血の気が引いた。そのむかし、友人から、男の同性愛愛好者が相手の意志を確かめる時、自分の歯ブラシを使ってみないかという言い方をすることがあると聞かされたのが、突然、記憶の中に甦《よみがえ》ったからである。

佐々木は立ち上って、居間のドアを開けた。

それでも抑えた声で挨拶をすると、さりげなく廊下へとび出して行った。

「おやすみなさい、ムッシュウ」

三

花ホテルに三泊して、パキエ母子はパリへ帰って行った。

空港へは、出迎えた時と同様、杏子が一人で送って行った。

更に四日後、桃子も日本へ帰った。

「あんまり、のんびりもして居れんのよ。京都は旅行シーズンやし、お姑はんにいやみいわれるのも好かん」

ニースやカンヌの街で買い求めた土産物を山のように抱えて、ちょうど、バカンスが終ってスイスのホテル学校へ帰るマークがパリまで送ってくれるというのに連れられて行った。

午後のお茶の時間に、フロントにいる佐々木のところへ、杏子の部屋から電話があった。

自室まで来てくれ、という。

すぐにもとんで行きたい気持を、佐々木は無理して、仕事もないのに五分ばかりをフロントで愚図愚図してから、杏子の部屋へ行った。

「お茶がさめてしまったわ」

杏子は佐々木の顔をみると、そう呟いて番茶茶碗の一つを取り上げた。

「姉がいってたわ。四十すぎたら女もおしまいだって……がっかりして帰ったみたいよ」

佐々木はテーブルの上の花林糖《かりんとう》に手をのばした。桃子が土産に持って来たものである。

「佐々木さん、くどかれたんでしょう」

笑っているようで、杏子の表情が、どこか、ぎくしゃくしている。

「酔って冗談をおっしゃっただけですよ」

「ジベールにも、ふられたと思っているのよ」

「彼をくどいたんですか」

「外人は言葉が通じないから駄目だねえっていってるの」

可笑しそうに、杏子が首をすくめ、佐々木も笑い出した。

「言葉が通じたって、彼は駄目ですよ」

「三樹さん、知ってたの」

近頃の呼び方に戻って、急に真剣な眼になった。

「まさか、ジベールと三樹さん……」

「よして下さい。僕にその趣味はありませんよ」

ひっかかったのはマークでしょう、と佐々木がいうと、杏子は赤くなって下をむいた。

「マダムは、ジベールがそっちのほうだというのを御存じだったんですか」

「あの人、女なのよ」

杏子は飾り棚の上の薔薇《ばら》を眺めていた。

「若い時から、女のようだったし、自分でもいっていたわ。女に生れたかったって……」

「しかし、結婚したでしょう」

「フランスだって同性愛は世間体の悪いことなのよ。ピエールが死んで、パキエ家はジベールが結婚しなかったら、子孫が絶えてしまうでしょう」

「失敗だったわけですか」

「どうしても、女性を愛せなかったって。あの人、泣いていたわ」

夜の庭で、ジベールはかつての兄嫁に、そんな告白をしていたのかと、佐々木は肩から力が抜けた。

「あの人、私が血を分けた本当の姉さんに思えるんですって」

「危いな」

「全然……」

「しかし、彼は男なんですよ」

安心しすぎるのは危険だと、佐々木はつい、むきになった。

「いやだわ。三樹さん、嫉《や》いてるの」

ふふふ、と声に出して嬉しそうに笑っている杏子をみて、佐々木は体中が熱くなった。

「そんなことをおっしゃるために、わざわざお呼びになったんですか」

湯呑《ゆのみ》をおいて立ち上った。わざと荒々しく杏子の部屋を出たのは、自分で自分の感情をもて余したからである。

フロントへ戻ると、すぐのように、杏子がやって来た。知らん顔をしている佐々木の前へ、小さなメモ用紙をおいてロビイのほうへ行く。

メモ用紙には、日本語で、ごめんなさい、と書いてあった。そっとロビイをみると、杏子が不安そうにこっちをみつめている。

佐々木は遂に破顔した。これ以上、気難かしい顔を作っているのは不可能であった。

杏子が佐々木に手を上げて、はずんだ足どりで奥へ戻って行く。

坂の上の道を車が下りてくる音が聞えていた。

ぽつぽつ、花ホテルに客の到着する時間であった。

男客

一

五月の花ホテルの週日は、比較的、閑散としていた。

観光客はヨーロッパへ押しかけて来る季節だが、南フランスのリゾート地は夏のバカンスをひかえての小休止といった状態で、花ホテルのような団体客をとらないところは尚更《なおさら》であった。

浜口啓太郎が玄関を入って来た時、佐々木三樹はフロントで電話の予約を受けていた。やあ、やあ、とおたがいに眼で挨拶をして浜口はホテルのロビイを見廻した。

開業して二年目を迎える花ホテルは、凝った調度に手入れが行き届いていて、シンプルでデラックスという最初のイメージを少しもそこなっていない。

テラスのところで鉢植の花に水をやっていた女主人の杏子が、浜口をみつけて手を上げた。

「お元気そうですね」

早速、浜口は女主人の傍へとんで行く。

「相変らずよ。浜口さん、お久しぶりじゃありませんか」

杏子は、近頃、ミラノあたりでもよくみかける膝《ひざ》までの麻のパンツに、麻糸で編んだセーターという恰好《かっこう》で、大きなデニムのエプロンをかけている。

「僕がお邪魔するのは、ろくな用事じゃないんですがね」

笑いながら、浜口は海のほうへ視線を逸らせた。

「ニースは、もう夏ですね」

「ミラノはどうですの」

「まだ雨が多くて、夜なんか寒がりは暖房を入れていますよ」

「この辺も今年は異常気象でしたでしょう、二月に雪が降ったりして……」

五十年ぶりだ、七十年ぶりの異変だと大さわぎするほど珍らしい南フランスの降雪で、今年は春の訪れも、それに続く夏も遅いのではないかとリゾート関係者を不安がらせたが、案に相違して四月からは好天が続き、気温も平年並みを取り戻した。

フロントから、佐々木がテラスへ出て来た。

蝶ネクタイが板について、ホテル・マネージャーの貫禄充分といった恰好だ。

「失敬、七月の予約を入れていたのでね」

杏子に客の名前を告げた。オープン以来、必ず夏と冬に長期滞在をしてくれる常連の一人である。

「景気はどう……」

浜口が訊《き》き、佐々木が嬉しそうに応じた。

「おかげで六月、七月は八分通り、予約が入っているよ」

政権が変って以来、不景気といわれ続けている国であった。フランの値打が下り、物価は急上昇している。

「せめてバカンスは、というお客の心理かな」

いつの間に杏子が指図をしたのか、ビルギットがテラスにビールを運んで来た。

「三樹さん、よろしかったら、あとで私の居間でご一緒にお食事を……」

佐々木にそういって、杏子はビルギットと共に奥へ去った。

「杏子さん、いつからお前のことを名前で呼ぶようになったのかね」

ビールを旨そうに飲み、浜口がいくらか揶揄《やゆ》のこもった質問をして、佐々木は当惑した。

「別に意識したことはないよ」

「以前は、佐々木さんだったぞ」

「名前のほうが呼びやすいんじゃないか」

「それだけか」

「勿論《もちろん》だよ」

佐々木は少しきっとしてみせた。

「あんまり変なことをいうな」

「ああ」

浜口はあっさり頭を下げ、用件にとりかかった。

「野崎昭一郎というんだがね。職業は貸ビル業とでもいうか、とにかく東京のどまん中にいくつもビルを持っている大金持なんだ。そいつがたまたまヨーロッパ旅行にやって来ている」

ロンドンとジュッセルドルフに商用があったらしいが、そのあと休養がてら二週間ばかりミラノとニースを廻りたいという。

「俺んとこの取引銀行からの依頼で、ミラノのほうの面倒をみることになった」

コモ湖畔の豪華なリゾートホテルに三日ばかり、そのあと車でトリノに一泊させて、花ホテルに一週間ほど厄介になれないか、と浜口の相談である。

「大歓迎だね。なんならスイートルームをサービスするよ」

「すまんが、たのむよ。相当、気難かしい客だそうだが……」

「なにか、気をつけることがあったら、いってくれ」

「まず、我儘《わがまま》だ」

「金持は大方、我儘だろう」

「特別扱いを好む」

「成程《なるほど》……」

「威張るのが好きらしい」

メモをとりながら、佐々木が苦笑した。

「お前もよくいうよ。相手は取引銀行の紹介客じゃないか」

「紹介する奴がいったんだ。相当、いけ好かないんだろうな」

「大抵のことには馴れているよ」

客商売であった。金を払ってサービスを求めに来る客に厄介でないのを期待するほうが間違っていると佐々木はいった。

「伊達《だて》や酔狂で、ホテル・マネージャーをやってるわけじゃない」

「その自信を頼りにするよ」

「どこかの国の王様のつもりで扱えばいいんだろう」

「それにしては、しみったれだとさ」

「金持はけちなものさ」

とにかく頼むと浜口はいい、ポケットからスケジュール表を出した。

ミラノからの野崎昭一郎の日程が書いてある。

「ミラノじゃお前が世話をするとして、ここへは誰が案内するんだ」

「俺がついて来れれば一番だが、あいにく見本市がぶつかっている」

浜口がつとめているのはミラノで一、二を争うシルクのメーカーであった。

「俺が迎えに行こうか」

「いや、どっちみち運転の出来るガイドが必要だろう」

いい青年の心当りがあるといった。

「日本人か」

「研修生でね。英、仏、伊と三カ国語ぐらいなら、まあ話せる」

人柄のいい奴だから、時々、アルバイトの世話をしてやっているので、今度もそのつもりで声をかけてあると説明した。

「当人は日本語以外は全く喋《しゃべ》れない。そのコンプレックスがあるから、日本語の通じる相手には徹頭徹尾、ふんぞりかえるそうだ」

昼食に招《よ》ばれた杏子の居間でも、浜口啓太郎は又、ひとしきり、野崎昭一郎という客についての予備知識をくりかえして、やがて、そそくさとミラノへ帰って行った。

「浜口さんも口が悪くなったわね」

「あれだけひどい先入観を叩き込まれたら、どんな奴がやって来ても天使にみえるんじゃありませんか」

杏子と佐々木はそんなことをいって笑い合ったのだが、次の週、浜口啓太郎がおいて行ったスケジュール表通りに花ホテルの玄関へ到着した野崎昭一郎を出迎えた時は、流石《さすが》に一瞬、顔を見合せた。

車はロールスロイスであった。荷物は三個ともルイ・ヴィトンのトランクである。

浜口啓太郎にいわれているから、まずドアマンがうやうやしくドアを開け、そこまで佐々木と杏子が出て行って挨拶をし、そのまま三階のスイートルームへ案内した。

野崎は佐々木や杏子の応対にも、ただ、軽く顎《あご》をひいてみせるだけだったが、部屋へ入ると、いきなりいった。

「部屋代はいくらかね」

佐々木はあらかじめ用意して来た料金表をテーブルの上においた。

「規定では、一応、このようになって居りますが、ミラノの浜口さんの御紹介でございますので、普通の部屋の料金にさせて頂きます」

相手は太い指をのばして料金表を取り、暫《しばら》く眺めてから、

「普通部屋というのは、スイートの半値だね」

どこか人を小馬鹿にしたような口調である。

「左様でございます」

「それでは、普通部屋にして、無料にするべきだよ。君、それが本当のサービスだ」

杏子はあっけにとられたが、佐々木は動じなかった。

「たしかに数字の上では、おっしゃる通りですが、手前共も商売でございます。又、本来ならシーズンオフ以外は、料金の割引は致さない方針でございますが、浜口さんのほ

うから、とりわけ大事なお客様ということでございますので……」

　普通部屋を希望するなら、その料金も半額にすることでお許し頂きたいと丁重に頭を下げた。

　野崎は、それから立ち上って部屋中をみて歩いた。バスルームの中まで調べてから、

「まあ、この部屋でよかろう」

たまたま、ボーイが杏子のいいつけ通りに日本茶を運んで来た。ポットにお湯を入れ、急須と湯呑に、小さなお茶の入った壺を添えてである。

「さぞ、お疲れでございましょう。どうぞ、おくつろぎ下さい」

　杏子の挨拶に、

「茶代はとらんのだろうな」

　真正面から不躾《ぶしつけ》なくらいに杏子の顔をみる。

「ロンドンの日本料理屋で茶をもらったら、金を請求しよったんじゃ」

「これは、私共のおもてなしでございます。別にお金をお払い頂く必要はございません」

　杏子の返事をきいてから、野崎は茶碗へ手をのばした。

　部屋を出て、階段を下りて行く間中、佐々木も杏子も無言だった。フロントへ行ってみると、ロールスロイスを運転して来た青年がチェックインをすませて待っている。

　中本明と名乗った。

「浜口さんには、いつもミラノでお世話になっています」

「彼から話はきいていますよ」

　スイートルームの隣の部屋の鍵《かぎ》を渡した。スイートルームの居間とドアで行き来が出来るようになっている。

「折角ですが、野崎さんは同じ部屋へ泊れとおっしゃるので……」

「しかし、おたがい、神経を使うでしょう」

　客とガイドの関係である。

「部屋の料金を二人分払うのは、もったいないといわれましてね」

　いいにくそうであった。

「そういう理由なら御心配には及びませんわ。あなたの料金は浜口さんからうかがっていますから、私共では頂くつもりはありません」

　杏子がいい、中本の表情が明るくなった。

「本当によろしいのでしょうか」

「ええ、野崎さんにそうおっしゃって……」

「ありがとうございます」

　中本がボーイに案内されてエレベーターへ去ってから、佐々木が苦い顔をしてみせた。

「マダム、困りますよ。勝手にあんなことをおっしゃっては……」

「いいじゃないの。浜口さんのお知り合いなんだから……」

「金を出すのは、彼じゃありませんよ」

「顔色が悪かったわ。神経的にかなりまいってますよ、彼は……」

そこへ、中本が戻って来た。更に顔色が悪くなっている。

「申し上げにくいのですが、野崎さんがもし、ここに滞在中、こちらの車を拝借出来るのなら、レンタカーを返すようにおっしゃるのですが……」

杏子が眼を大きくした。

「ロールスロイス、レンタカーだったの」

「そうです。あれを探すのに、浜口さんはそりゃあ苦労したんです」

「私の車をお使いなさい。但し、ロールスロイスじゃありませんけど……」

「あんまり厚かましいと思いますが……」

「かまいませんことよ。私は滅多に車を使いませんから……」

花ホテルには客をモナコのカジノへ案内するためのマイクロバスが一台と、中型の乗用車が一台ある。乗用車は主として佐々木が使っていた。杏子の車はそれとは別のプライベート用で、イタリヤのスポーツタイプであった。

中本は早速、ロールスロイスを運転して返却に出かけて行った。

「随分、彼に御親切なんですね」

佐々木は皮肉っぽくいってフロントへひっこみ、杏子は肩をすくめて自分の部屋へ戻っていった。

二

三日もすると、花ホテルのスタッフに、大体、野崎昭一郎という客の輪廓《りんかく》がつかめて来た。まず最初に報告に来たのはメイドの取締りをしているビルギットで、

「三〇一号室のお客様が毎日、石鹼《せっけん》がなくなったとおっしゃるそうです」

スイートルームの石鹼は、いわゆるホテル用の小型のではなかった。杏子の好みで、ロジェ・ガレの高級化粧石鹼の家庭用の大きさのがバスルームに一個、洗面所に一個、備えつけてある。バスルームには、その他《ほか》、浴用の液体石鹼もおいてあった。

新しい客が到着した時、それらは真新しいものが用意されるが、その客が何日か滞在する場合はそのままである。実際、それだけの大きさの石鹼は、どう使ったところで一週間や十日でなくなることはなかった。それを、野崎は一日でなくなったといい、メイドに新しいのを持って来させるというのだ。

「使いかけのをかくしておいて、新しいのを持っていくと、それをしまって、又、使いかけのを出すのに違いございませんです」

ビルギットが立腹するのはもっともで、石鹼だけではなく、やはり備えつけのボディローションや化粧水まで、使ってしまったという理由で新しいのを請求されたという。

「コーラやジュースじゃありますまいし、ローション一瓶が一日でなくなるものですか」

次の報告はダイニングルームからで、

「三〇一号室にルームサービスをお持ちしますと、必ずナイフやフォークやスプーンが紛失いたします。ナフキンも戻って来たためしがありません」

花ホテルで使用している食器はこれも杏子の一流好みでデンマークの有名店に特別注文したものであった。ナフキンにしてもリネンの上等な品である。それらが毎日のように消えてしまうのでは、えらい損害になる。

たまりかねて、佐々木がメモを書いて、三〇一号室においた。

「当ホテルの備えつけの用品を記念にお持ち帰りになる場合は、実費でおゆずり致します」

翌日の朝食のテーブルを片付けに行った給仕人は、四本ずつのナイフ、フォーク、スプーンと四枚のナフキンがお盆の上に投げ出されているのを発見し、回収して来た。

「それでも、まだナイフ、フォーク、スプーンが一本ずつとナフキン一枚が戻って来ていません」

ビルギットの息子で、この春から花ホテルのアシスタント・マネージャーの肩書をもらっているマークがそれらを子細に点検していいつけた。

「とんだお客だわね」

杏子は笑い出したが、野崎の吝嗇《りんしょく》ぶりは徹底していて、夜の食事は大方、外ですませるのだが、中本に杏子の車を運転させてニースの高級レストランへ出かけても、予約は必ず一人前であった。そればかりか、中本には食事代も渡さない。

「僕は浜口さんから充分なガイド料を頂いていますから……」

中本はむしろ、喜んでいるが、杏子が彼からきき出したところによると、レストランでは必ず中本が同席して、メニュウを通訳し、料理やワインを注文し、野崎が食事を終るまで、同じテーブルで待っていなければならないらしい。

「並みの神経じゃないわね。自分だけ食事をしていて、お供になにも食べさせないなんて」

杏子が早速、佐々木にいったが、佐々木は金持とはそういうものだと割り切っていた。

「吝嗇でなければ金は貯《た》まりません。うちのマダムのように気前がよくて義侠心《ぎきょうしん》に富んでいては、いつか破産するでしょう」

杏子はまあァといったきり、フロントを出て行った。

が、その佐々木がもっとも気にしているのは、野崎の、杏子に対する視線であった。

なにかというと、マダムを呼べといってダイニングルームやテラスにまで、杏子を呼びつける。用事はたいしたことではなく、自分の傍へすわらせて、根掘り葉掘り、杏子の身の上の詮索《せんさく》をはじめる。無論、聡明な杏子のことなので、いい加減にして逃げ出しているようだが、野崎は佐々木にまで、

「マダムは独りかね」

「パトロンは居るんじゃろう」

とあけすけなことを訊く。

「そういうことは、全くございません」

むかっ腹をなだめて返事をすると、

「女盛りで、よく体がもつね。毎晩、ねむれんのと違うか」

客でなければ、なぐりつけてやりたいと佐々木は思ったが、相手はいやな笑い方をして行ってしまう。

冷静に、冷静にと自制しながら、佐々木は次第に苛々《いらいら》して来た。

野崎が花ホテルからモナコのカジノへ行く特別サービスのバスに乗り込んだのは土曜日の夜であった。

客はパリから来ている常連の夫婦二組と、昨日から滞在している日本人の医者で広田定之介と、それに野崎と中本であった。

マイクロバスを運転して、佐々木はいつものようにカジノへ客を案内すると顔見知り

の警備員のダニエルのところへ行った。

「どうかね、近頃は……」

「世の中、不景気になるとカジノは流行《はや》るんだよ」

ダニエルが笑うように、カジノの中は活気づいていた。客の数も多いが、勝負に動く金高も大きいらしい。

「一獲千金を夢みる連中がふえてるんだな」

佐々木は決して賭事《かけごと》はしないが、客を連れて帰るまでの暇つぶしにルーレットやバカラの勝負をのぞいてみることはある。

五百フラン紙幣を十枚ずつピンでとめたのを無雑作にいくつも放り出してチップを買っている客がある。ひところは、カジノで馬鹿馬鹿しい金の使い方をするのは、石油成金といわれていたが、その夜はむしろ、アメリカからの観光客が多いようであった。

野崎は中本に通訳をさせながらルーレットに挑戦中であった。同じテーブルに広田の温厚な顔もみえる。邪魔にならないところから観察していると、広田という医者は五百フラン買ったチップがすっかりなくなるまで、ゆったりとゲームをたのしんでいる。野崎のほうはツキが廻っているというのか、一時間ほどで三百フランの元手が千六百フランまでになって、それでなくとも脂ぎった顔を真赤にしている。

その夜の戦果で病みつきになったらしく、野崎は翌日からカジノに入りびたりになった。

花ホテルのマイクロバスが出るのは週に二度だが、彼は中本に運転させて、せっせと通っている。

勝負は勝ったり負けたりらしいが、根がけちだからちょっと負け続けると手をひいてしまって大火傷《おおやけど》はしないというのが、中本の話であった。

「あちらのお医者さんもお好きなようですね」

午前中のテラスで、中本が杏子にささやいた。

このところ、連日、カジノ通いで野崎は午後にならないと起きて来ない。

テラスにはいい具合に陽が当って、花ホテルの客はそこでお茶を飲みながら日光浴をしていた。

広田は、テラスのすみのほうにいた。ゆったりと椅子にかけ、サングラスの顔を太陽へむけて眼を閉じている。

「毎日、みえていますすよ」

もっとも、彼は一夜に五百フランと遊ぶ金を決めていて、それ以上は手を出さないと中本は話した。

「感じのいい人ですね」

中本のいうように、広田と野崎では風貌《ふうぼう》も正反対であった。野崎がいわゆる小肥りで、首も手も足も短かい、典型的な日本人の体格なら、広田のほうは瘦《や》せぎすで、その年齢の日本人にしては背の高いほうであった。髪は半分くらい白くなっているが、眼鼻立ちの上品な、如何《いか》にも紳士らしい感じで、服やネクタイの趣味も悪くない、第一、物静かな人柄らしく、花ホテルへ来ても、ひっそりと休暇をたのしんでいるという恰好であった。

「マダム、お早う」

無遠慮な大声が耳許《みみもと》でして、杏子が顔を上げると野崎がバスローブ姿で立っていた。

「室内プールがあるそうだね。案内してくれないか」

中本が椅子から立った。

「僕がお供します」

「わたしはマダムにといっているんだ。よけいな口はきくな」

杏子は穏やかに客へ会釈をした。

「失礼いたしました。御案内いたします。どうぞ」

先に立って庭の小道を歩いた。

花ホテルは地中海に突き出した岬《みさき》の上に建っていて、海側に広く庭がある。室内プールはその庭の先端の崖下《がけした》をくり抜いたような建物の中にあった。

海側が総ガラス張りで眺めはすばらしい。

崖のふちの石段を杏子が先に立ち、野崎が続いた。

「マダムはいい体をしているね」

杏子の首筋に息のかかる近さで野崎がいった。

「スポーツでもしていたの」

「水泳は好きですけれど……」

「そりゃあいい、一緒に泳がないか」

「折角ですけれど、勤務中ですので……」

「かたいことをいうなよ」

野崎の手が腰に触れたので、杏子はそれを避けるつもりで上体のバランスを失った。狭い石段の途中である。

「危いよ」

野崎がいきなり杏子を抱きすくめた。薄い麻のブラウスの上から無遠慮に乳房を摑《つか》まれて、杏子は動揺した。客でなければ思いきり突きとばすことも、ひっぱたくことも出来る。客商売の意識が杏子を一瞬、ためらわせ、それが野崎を増長させた。強引に体を押しつけて、顔が近づく。杏子は夢中で頭をふって逃げた。

石段に足音がしたのは、その時で、

「ほう、これはいいところに作ったものだね」

一人言をいって下りて来たのは、広田であった。流石に野崎が手の力を抜いて、杏子は反射的に石段を広田のほうへかけ上った。

「日光浴には、こっちのほうがいいときいて来たんですよ」

広田はなんでもない口調で杏子にいい、野崎を眺めた。野崎はバツの悪そうな顔をして石段を下りて行く。

「ありがとうございました」

まだ、はずんでいる呼吸がきまり悪く、杏子はそそくさと石段を上って行った。

三

その出来事を、杏子は佐々木に話さなかった。小娘のように慌てた自分をみっともないと思っていたし、佐々木にも、いい年をしてと笑われそうな気がしたからである。

ただ夕食の時、あらかじめ用意したワインを広田のテーブルに届けさせ、さりげなく礼をいった。

「これはかえって恐縮ですな」

広田は物柔かな微笑をしてグラスを取り上げたが、

「とても一人では飲み切れませんよ。失礼だが、マダムも如何《いかが》ですかな」

杏子にしても、この客には警戒心を持たなかった。

「でしたら、一杯だけ……」

向いの席にすわって、話し相手をつとめた。

「お医者様とうかがいましたが……」

広田は、指の長い、男にしては華奢《きゃしゃ》にみえる手でグラスを持った。

「こんな休暇は、はじめてのことですよ」

パリに用事があって出て来たのだが、

「南フランスというのは、一生の中《うち》に一度でいい、行ってみたいと思っていました」

「お気に召しましたでしょうか」

「思った以上に、いいところでした。気持が洗われるようで、まあ出来ることなら、あまり仕事はしたくないと思っていますよ」

「なにか、書き物のようなものをお持ちなのですか」

まとまったレポートのようなものを書くために花ホテルへ滞在しているのかと思った。

「いやいや、そういうことではありません」

広田は運ばれた魚料理を賞《ほ》めた。鱸《すずき》に、香料入りのオリーブ油を軽く塗って、炭火で焼き上げたもので、シェフのボブが得意とする一つであった。

「こんな場所に日本語の通用するホテルがあって幸いでした。私は外国語のほうは、まるで駄目なのですよ」

広田の言葉を杏子は謙遜《けんそん》ときいた。

みたところ、外国旅行には馴れているような印象であった。野崎のようにガイドも連れていないし、カジノにもタクシーで一人で出かけて行く。

「御不自由なことがございましたら、なんなりとおっしゃって下さいませ」

その夜は、花ホテルからカジノ行きのバスの出る日であった。

野崎と中本がはやばやと乗り、広田も佐々木に声をかけた。

「今夜もよろしくお願いしますよ」

カジノは相変らず混雑していた。佐々木は花ホテルから持参の弁当をカジノの庭のすみへ行って目立たないように広げた。カジノへバスの送迎をする夜は大抵、夕食をしている暇がないので、ビルギットが弁当を用意してくれる。普段はバスの中で食べるのだが、ぼつぼつ陽気もよくなって来て、星空の下で、夜の海を眺めながらの食事も悪くない。

カジノの庭は広く、海へむいたところには城壁のような手すりがある。食事を終えてから、そこに寄りかかって一服していると、ダニエルが近づいて来た。

「ミスター・ササキか」

顔をみて安心したようにいう。

「この頃、掏摸《すり》が多いのでね」

掏摸という言葉が珍らしかった。勿論、外国に掏摸がいないわけではないが、佐々木の印象からすると、ひったくりとか、かっぱらい、置き引きといった感じのほうがふさわしい。

「つかまらないのか」

カジノには警備員が多かった。ダニエルもそうだが大抵、見上げるような大男で腕力には自信のある連中ばかりであった。下手にひったくりなどやったひには、その場でなぐり殺されかねない。

「盗られた奴がわからんのだよ」

ダニエルが両手をひろげた。

「ポケットの中には財布がちゃんと入っている。しかし、その中の金は全部、盗られている……」

「知らない中に使っちまったんじゃないのか。賭けに熱くなっていて……」

たとえば、女房へのいいわけに掏摸にやられたということもある。

「一人や二人じゃないんだよ」

ダニエルは気味悪そうな顔をした。

「おまけにね、みんな、賭けに大勝した連中ばっかりなんだ」

「それじゃ、諦《あきら》めもいいだろう。どうせ、泡銭《あぶくぜに》だ」

「カジノの評判が落ちるよ。悪魔がついているなんて噂《うわさ》が立ちはじめたんだ」

内ポケットの財布の中の金だけが消えて、財布も元のままだし、ポケットを切られたという痕《あと》もない。悪魔の仕業だといわれるのも無理はなかった。

日本では、そういう掏摸の話をきいたことがあると佐々木は思ったが、勿論、口には出さなかった。下手に日本人が疑われては迷惑である。

それに、みたところ、カジノの中には日本人旅行客らしい姿もない。もっとも、野崎と中本は、相変らずルーレットのところにしがみついているし、広田のほうはもう五百フラン遊んでしまったのか、スロットマシンなどをためしたりしている。

その夜も野崎は数千フランを稼いだ。

「皮肉なものですね、金持ほど金を稼げるんですから……」

中本が憮然《ぶぜん》として呟《つぶや》くのを、佐々木もいささか面白くない気持できいていた。

四

予定より三日ばかり余分に花ホテルに滞在して、明日はパリへ発つという前夜も、野崎はカジノで勝って帰って来た。

一度、三〇一号室へ戻って間もなく、フロントに電話があってウイスキーを一本、届けてくれという。

たまたま、電話を受けたのは杏子であった。その夜のフロントの宿直は佐々木の番だったが、カジノへバスを出す日で、戻って来たのは午前二時であった。それまでフロントにいたマークを自室へ帰し、佐々木にはともかくシャワーを浴びて一服するようにいって、杏子はその間をつなぐためにフロントにいた。

小さなホテルのことではあり人件費を安くおさえるという佐々木の方針で、シーズンオフは従業員の数が少ない。それにバアはもうしまっていたし、他の宿直の者達は仮眠室で休んでいる。わざわざ、起してウイスキーを運ばせるのも気の毒なようで、杏子は自分で、グラスや氷の用意をして三〇一号室へ届けに行った。

部屋のドアは少し、あいていた。ノックをするとバスルームのほうで野崎の声がして、

「テーブルの上へおいて行ってくれ」

という。

入浴中と思い、杏子は銀盆を居間のテーブルまで運んだ。

ドアの閉ったような音がしたのでふりむいてみると、バスタオルを腰に巻いただけの野崎がいきなり背後から抱きすくめた。

「なにをするんですか」

力一杯、突きはなそうとするのに、野崎はこういうことに馴れているのか、にやにや笑っているくせに、どうしても手を放さない。もがいている中に、足をすくわれて杏子はソファにひっくり返った。

「やめて下さい……誰か……」

恥も外聞もなく声を上げたのは、隣室の中本が気づいてくれるかと思ったのだが、そっちのドアの鍵はこちら側からしっかりかかっているらしい。

「いいじゃないか。マダムだって、たまには日本の男の味が知りたいじゃろう」

理不尽というか、滅茶苦茶というか、野崎は強引にのしかかって来て、杏子は絶望的になりながら死にもの狂いで抵抗した。野崎にしても、勝手が違ったらしく、いささかもて余し気味のところに、ドアが外から開いて、

「貴様……」

佐々木が野崎の体を杏子の上からひっぺがすようにして横っ面を思いきり、なぐりつけた。

「中本君が知らせに来てくれて、マスターキイを持ってかけつけたんですが……」

杏子の部屋で、佐々木はあっちこっちに打ち身やすりむき傷を作った杏子の手当をしながら、がみがみとどなった。

「どうして、一人で男の部屋へ入るなんて不用心なことをするんですか。マダムらしく

もない」

「だって、あたしが一人だったから……」

「そのためにボーイの宿直をおいているんですよ」

「あんな乱暴なお客、みたことがないわ」

「世の中には、いろんな奴がいるんです」

「若い女でもないのに、人を馬鹿にして……」

「マダムみたいな色っぽい人が、男の部屋へ入ったのが間違いなんですよ」

「あたしが誘惑したっていうの」

「男はみんな、けだものとお思いなさい」

「佐々木さんも、けだものですか」

佐々木は巻き終った繃帯《ほうたい》の残りを床に叩きつけた。

「僕がけだものになったら、マダムなんぞ、とっくに食われていますよ」

乱暴にドアを閉めて出て行く佐々木を見送っていて、杏子はなんとなく可笑《おか》しくなった。

お客様は神様だと、サービス精神に徹底している筈《はず》の佐々木が、そのお客である野崎を容赦なくなぐりとばしたのはよくよくのことだったに違いない。あの理性のかたまりのような男が、何故《なぜ》、そんなに興奮したのかを想像するのは、杏子にとって満更、嬉しくないこともない。

だが、翌朝のフロントは、それどころではなかった。

野崎が花ホテルの請求書を前にして、金を払わないといい出したのである。

「このホテルの従業員は、客であるわたしに最大の恥辱を与え、暴力を働いた。客を客とも思わないホテルに、どうして金を支払わなけりゃならんかね」

部屋代は勿論、飲食費など一切合財《がっさい》、無料にしろという。

「そうでないなら、パリへ行って、花ホテルはとんでもない奴だと、吹聴してやる」

佐々木は端正な顔に感情のかけらもみせなかった。

「あなたがなにをおっしゃっても、びくともしませんが、お支払いになりたくないとおっしゃるなら、無理に頂かなくてけっこうです。すみやかにお発ち下さい」

野崎が満足そうにうなずいた。

「よろしい。中本君、車を廻し給え」

中本がきっぱりいった。

「僕は、只今限り、ガイドの役目をおことわりします。空港へお送りするつもりはありません」

「いいとも、ホテルの車で送らせるさ」

いくらか上ずった声で野崎がいった。

「君、ホテルの車を……客なら空港まで送るのが礼儀だろう」

佐々木がうすく笑った。

「料金を頂かない以上、手前共では、あなたをお客様とは思って居りませんので……」

その時、一足先にフロントで勘定をすませていた広田が声をかけた。

「失礼ですが、私も今日、ニースから出発します。タクシーを呼んで居りますので、ご一緒に如何ですか」

野崎がふんぞりかえったまま、うなずいた。

「空港までのタクシー代は割勘でどうかね」

「けっこうですよ」

広田の荷物はボーイがタクシーに積んだが野崎のは誰も手を出さなかった。

広田が二つのトランクを持ち、野崎は一個を持ってタクシーに乗る。

「お世話になりました、それじゃ」

車の窓から会釈したのは広田だけで、野崎はそっぽをむいている。

花ホテルの従業員は広田へ対して、丁重な見送りをした。

十日ばかりして、ミラノから浜口啓太郎がやって来た。

「すまん。とんだことだったたって……」

恐縮し切っている親友に、佐々木は苦笑した。

「お前だって被害者だろう」

中本明へのガイド料やら、ミラノでの接待やら、おそらく浜口の持ち出しだと佐々木は承知している。

「実は、中本君が、こんなものをことづかって来たんだ」

中本のミラノのアパートに電話があって空港まで来てくれといったという。

「広田という医者だとか」

中本が行ってみると、彼は一通の封書を渡して花ホテルへ届けてくれるように頼んで、すぐ出発して行った。

「中本君はアルバイトがあるので、僕が彼からたのまれて、あずかって来たんだ」

佐々木が封を切ってみると、五百フラン紙幣が十枚、それに便箋《びんせん》に達筆で、

一、金五千フラン也

右は不届きな日本人客より花ホテルにかわって無断で徴収せるものなり、あしからず

と書いてある。

二度、読みかえして、佐々木はあっと思った。

カジノで服も切らず、財布の中身だけを抜いて行くあざやかな手口の掏摸が出没していたことである。

フロントから佐々木はモナコのダニエルに電話をかけてみた。

「どうだい、最近、カジノの掏摸は……」

ダニエルがねむそうな声で答えた。

「それが、ここんとこ、ばったり、出なくなったんだよ」

「そりゃあよかった」

電話を切って、佐々木はテラスを眺めた。

浜口が杏子の前でさかんに恐縮している。

佐々木は、そっと宿泊名簿を眺めてみた。

広田定之介の日本の住所はひかえてあった。

しかし、そこに連絡しても、おそらく、本人が居住していることはあるまいと思えた。

(掏摸がバカンスに来る御時世か)

日本人もたいしたものだと思い、佐々木は封筒と金をそっと入金箱にしまった。杏子と浜口にだけは、真相を話しておかなければならないと思う。

花ホテルのテラスで、杏子が恥かしそうに笑っているのが、佐々木の眼には、なんともあでやかであった。

子連れ客

一

その電話を受けたのは、フロントにいた佐々木三樹であった。

やや甘ったるいが、てきぱきした女の声である。

「おそれ入りますが、そちらに内藤商事の衣笠《きぬがさ》と申す者が泊って居りましょうか」

花ホテルはコートダジュールのエズの町にあった。経営者が日本人ということで、比較的、日本人の利用があるが、過半数はフランス人かイタリヤ人、もしくはアメリカからの観光客で占められている。

それだけに電話で日本語を聞くのは、やはり、なつかしい気がした。第一、おそれ入りますが、などという表現は日本語独特のものである。

宿泊簿をみるまでもなく、佐々木はその日の泊り客の名前を諳《そら》んじていた。僅《わず》か三十五室の小さなホテルのことではあり、客の名前と顔を完璧《かんぺき》に記憶するのが、ホテル・マネージャーの義務だと、佐々木は考えている。

で、その電話に対しても、少々、お待ち下さい、などという余分なせりふは入らなかった。

「衣笠俊様は、当ホテルにお泊りでございますが、只今、プールサイドのほうにお出《い》ででございます。お名前をおっしゃって下されば、電話をお廻し致しますが……」

「いえ」

と相手は慌しく遮った。

「奥様とご一緒でしょうか」

「左様ですが……」

電話が切れた。いささか乱暴な切り方が、甘ったるい声とそぐわない。

佐々木は、おやおやと思った。

女房とバカンスに来ている男の許《もと》に、女房がいては都合の悪い女からの電話が入ったというだけのことである。

例のないことではなかった。

大方の男は、女房の耳に入れたくない内証事の一つや二つは持っている。

再び電話が鳴った。予約の電話である。盛夏の花ホテルは多忙であった。すぐに佐々木は甘ったるい声の電話を忘れた。再び思い出したのは、夕方になって衣笠夫妻がプールから戻って来た時であった。

衣笠俊は、外国生活の長い典型的な日本人のタイプであった。

日焼けした顔にサングラスをかけているとよくも悪くも国籍不明という感じがする。

また、それだけに日本人からみると、かっこいい様子でもあった。年齢は四十二と、宿泊名簿に記入してある。男として人生も仕事も、もっとも充実している時期かも知れなかった。女房でない女から秘密の匂いのする電話がかかって来ても可笑しくはない。

衣笠俊の女房は、背が高かった。個性の強い容貌は、人によっては美人の評価を与えるであろう。女にしては眉がやや濃く、鼻も唇も大きく派手である。

「衣笠夫人は、仕事をしているわね」

夫妻が花ホテルにチェックインした日に、朝比奈杏子が佐々木にいった。

「みればわかるわ。専業主婦の奥さんと、なにか仕事を持っている奥さんと……」

そういうものか、と佐々木は感心した。女が女をみる眼は本質的に男とは違う。が、たしかに、あの個性の強さは、なにかをしている女性かも知れないと佐々木も思った。

衣笠夫妻はフロントのほうをみ、佐々木と視線が合うと、軽く微笑した。すかさず、

「今日は如何でした」

佐々木が声をかける。

「一段と焼けたでしょう」

濡れた髪を白いタオルでかき上げながら、衣笠夫人が屈託なく笑い、揃《そろ》ってエレベーターのほうへ去った。

無論、佐々木には、先刻の電話のことを告げる気持がない。

花ホテルのシェフであるボブ・フォルランがキッチンからフロントへやって来た。肥った顔がこの上もなく上機嫌である。

「みなよ。三樹さん、今夜もうちのお客は一人残らず、うちで夕食をなさるんだぜ」

最近、ややイタリヤなまりになったフランス語でいいながら、ダイニングルームの予約表を突き出した。

エズの町はモナコにもニースにも近かった。

ちょっと車をとばせば、いくらでも高名なレストランへ夕食に出かけることが出来る。

それなのに、泊り客の全員が花ホテルで食事をするというのが、ボブの自慢であった。

自慢するだけあって、花ホテルの料理は旨《うま》い。この近隣でも評判で、食事にだけやってくる客も少なくなかったが、シーズン中は殆んど断らねばならなかった。

花ホテルのダイニングルームは一回に四十人が食事をするのが限度であった。

そのかわり、ボブの献立は毎日、変った。長期滞在のお客に、その客が望むなら、同じ料理を二度と出さずに献立を組むことなど、ボブにとっては朝飯前であった。

常連の客の好みも、一度きいたら、決して忘れない。

「わたしは、ここのホテルの鱸《すずき》の香味焼きが大好物でね」

と絶讃《ぜっさん》した客は、一年後に花ホテルを訪ねると、必ずといってよいほど、ウエイターから、

「手前共のシェフが、お客様のお好きな鱸の香味焼きの準備をしてお待ち申して居ります。もし、お気に召しますようなら……」

と挨拶されて、一ぺんに花ホテルの常連になってしまったなどというのは枚挙にいとまがない。

「よかったな、ボブ、その調子で頼むぞ」

ダイニングルームの予約表を佐々木がボブに返した時、玄関が開いて、ドアマンが一組の客をフロントへ、伴って来た。

「衣笠様へ、お客です」

五歳ぐらいの男の子を伴った婦人であった。

ドアマンがポーターに声をかけ、スーツケースを二つ運び込むのをみて、佐々木は心中で弱ったな、と思った。

花ホテルに滞在している客のところへ、遊びがてら訪ねてくる客がある。それが、必ずといってよいほど、このホテルが気に入ったので、

「部屋ありませんか」

ということになるのが、佐々木の頭の痛いところであった。

シーズンオフならとにかく、盛夏の花ホテルは連日、満室であった。

今日も例外ではない。

「私、衣笠俊の妹ですの。兄がこちらに滞在している筈《はず》ですが……」

甘ったるい声に聞きおぼえがあった。今日の午後、フロントへかかった電話の主である。

「お部屋、どちらでしょう」

「三〇五号室ですが……只今、御連絡致します」

佐々木が電話を取り上げている間に、女はロビイのほうへ歩いていった。そのあたりをみているのかと思っていると、いきなりエレベーターへとび込んだ。

「おい……マーク……」

フロントにいたマークに声をかけて、子連れ女のあとを追わせ、佐々木は受話器を耳にあてた。

「もしもし」

衣笠夫人が電話口に出た。その声にドアをノックする音がだぶって聞えた。子連れ客は、もう三〇五号室まで来ているらしい。

「もしもし、只今、ご主人様の妹さんが……」

佐々木はそこで絶句した。受話器の中に突拍子もない声が響いて来たからである。

「あなた……あなたって人はよくもまあ、こんな……」

甘ったるい声が金切声に変って、それに答える狼狽《ろうばい》し切った男の、全く意味をなさないせりふまでが鮮やかに聞えて、電話は三〇五号室のほうから、ぷつりと切れた。

二

「三樹さんらしくもないじゃないの。お客様を確かめもせず、部屋へお通しするなんて……」

「通したんじゃありませんよ。勝手に通って行っちゃったんです」

マークが三〇五号室の騒ぎを知らせて来て、杏子と佐々木はちょっとしたいい争いをしたものの、すぐ顔を見合せて笑い出してしまった。

「三樹さんも欺《だま》されたわけね」

「てっきり、本当の御夫婦と思ったんですがね」

花ホテルの客の中に、いわゆる愛人関係の二人が夫婦と名乗って宿泊に来る場合がある。

無論、商売女を相手とするようないかがわしい客はお断りだが、そうでない場合は、あまり野暮はいわない杏子の方針であった。佐々木はそれが不満で、しきりにホテルの格が下るからと、杏子に苦情をいった。

「だって、パスポートでもお持ちのお客様ならとにかく、ちょっとみただけじゃ本物の御夫婦か、そうでないかわからないじゃないの」

杏子が、佐々木の生真面目を笑い、

「いや、みればわかります。絶対、わかるものですよ」

と佐々木は断言したのだったが……。

「本物の奥さんも小細工をするじゃないの。フロントで妹だっていうなんて、並大抵の智恵じゃないわ」

「旦那の浮気に馴れてるのかも知れません」

無責任な話をしているところへ、ふらりと人影が射して、

「すみません。私、他《ほか》のお部屋に移りたいんですけれど、空いた部屋ありませんかしら」

衣笠夫人、いや、つい先刻まで、てっきり衣笠夫人と思い込んでいたほうの女性が近づいて来た。

愛人と旅行に来ていて、本妻にどなり込まれたことを、そう恥かしそうにしているふうはない。

「お部屋と申しましても……」

佐々木のほうがどぎまぎして、

「もし、御希望でしたら、他のホテルに問い合せてみますが……」

いくらなんでも本妻と同じホテルに泊っているというのは無神経な話だと、気を廻し

たのだが、

「出来ましたら、ここを動きたくありませんの。このホテルがとても気に入っていますし、折角のバカンスを他で過したくありません」

「それは有難うございますが……衣笠様のほうとは、よろしゅうございますか」

佐々木も遠慮ばかりはしていられないので、婉曲《えんきょく》に探りを入れてみると、

「かまいませんの。だって、なんの関係もないんですから」

理智的な顔には苦笑さえ浮んでいて、

「私、別に衣笠と結婚するつもりはありませんの。奥様があるのを承知でおつき合いしていたのですし……」

「しかし、奥さんにしてみれば、それでは済まされないでしょう」

「不意打なんて、いやな真似をなさるから、こんなみっともないことになるのよ。パリへ来るなら来るで、あらかじめ、知らせておけばいいのに……」

濃い眉が少し上った。

「ご主人と離れて暮している奥様にとって、それは、エチケットだと思います。ご自分も御主人も恥をかかなくて済むための……」

佐々木が杏子の顔をみ、杏子が女主人の立場で決断した。

「二階の二〇八号室が空いているでしょう。あちらに御案内して下さい」

この花ホテルの客室の中で、たった一つ、海のみえない部屋であった。少々、狭いので、セミダブルのベッドをおいて、臨時の客室にしてある。予約の時も普通、この部屋だけは空けておいた。

佐々木はフロントに入って、改めて宿泊カードを出した。

「今度は御本名をお書き下さい」

最初のチェックインの時は、衣笠夫人としてであった。

女は気を悪くした様子もなく、ペンを取ってパリの住所と、大原麻以子と署名をした。

「大原さんでいらっしゃいますね」

少し嫌味に念を押して、佐々木はルームキイをポーターに渡した。みていると、大原麻以子は自分のスーツケースをポーターに運ばせて悠々と階段を上って行く。

「マダム」

その姿がみえなくなってから、佐々木は杏子に苦情をいった。

「厄介なことになりますよ」

本妻はまだ三〇五号室にいる。衣笠が夫人と子供を連れて花ホテルをひき払えばとにかく、そうでないとこのホテルの中で三角関係がぶつかり合って、どんなトラブルに巻き込まれないとも限らない。

「仕様がないじゃないの。お客様が出て行かないんだもの」

宿泊カードを手にして、大原麻以子と小さく呟き、杏子があらという表情を浮べた。

「あの方、大原麻以子さんだったんだわ」

「大原麻以子ですよ、そこに書いてあるでしょう」

「三樹さん、知らないの。大原さん……大原安三郎さんて有名なフランス文学者」

「知ってますよ」

北陸の素封家《そほうか》の出で、美術コレクターとしても名のある著名人であった。

「たしか、麻以子さんって、長女よ」

「大原安三郎の、ですか」

「ソルボンヌの出身じゃなかったかしらね」

まさか、という気持で、佐々木は宿泊カードを眺めた。

「そんな名士の娘さんが、女房子のある男と愛人関係になりますかね」

「恋は思案の外よ」

杏子が微笑して、ダイニングルームのほうへ去った。もう、一回目の夕食時間がはじまっている。

大原安三郎の娘というのは、意外なようで、成程とも思えた。本妻にどなり込まれたというのに、悪びれもしない。いうことも態度も、佐々木にでかいな、と感じさせるほど堂々として横柄ですらあった。

それにしても面倒をしょい込んだものだと思う。

「三〇五号室からルームサービスの注文がありましたよ」

マークが佐々木に知らせに来た。

「スープとスパゲッティと各々、一つずつです」

子供だな、と佐々木は思った。

夫婦は食事どころではないだろうが、子供は腹も空こうし、眠くもなる。

「キッチンはいそがしい最中だろうが、なるべく早くにお届けするよう、シェフにいってよ」

佐々木がいい、マークはうなずいて、自分の父親であるボブにその旨を伝えに走って行った。

花ホテルのダイニングルームの夕食は、一回目が六時からで、二回目は八時半であった。

八時半に、大原麻以子は食事に出て来た。

とろりとしたシルクジョーゼットのグレイのドレスに大粒のパールのネックレスとイヤリングをつけている。

品のいい物腰といい、料理を注文するきれいなフランス語といい、いつもと少しも変っていない。

客をテーブルに案内しながら、杏子はさりげなく大原麻以子をみていた。ワインこそハーフボトルだが、食欲も旺盛《おうせい》で、衣笠の本妻の出現にショックを受けた様子はない。

自分なら、ああ平然としていられるだろうか、と杏子は思った。

もしも、佐々木三樹に妻がいて、どなり込んで来たら……。

奇妙なことを考えている自分に気がついて杏子は可笑しくなった。

佐々木三樹には妻はいない。彼の別れた妻は、すでに再婚している筈であった。

それに、杏子は、佐々木の愛人ではない。

「マダム……」

呼ばれてふりむくと、そこに佐々木が来ていた。

「三〇五号室の衣笠様は、明日、お発ちになるそうです。今夜は、お子さんが疲れているとのことで……」

佐々木の眼が、ダイニングルームの大原麻以子に注がれていた。衣笠夫妻が明日、出発するときいて、彼は彼なりに、ほっとしているらしい。

三〇五号室からは、その夜、更けてからウイスキーとオードブルのルームサービスの注文があった。

運んで行ったボーイの報告によると、ベッドの一つに子供がねむって居り、夫妻は海のみえるテラスの椅子にかけていたという。

「結局、仲直りしたってことかしら」

佐々木と一緒にその話をきいていた杏子がぽつんという。

「本当の解決はパリへ帰ってからでしょうね。落ちついて、じっくり話し合ってということですか」

「今夜、一つのベッドに寝るの」

杏子がこだわった。

花ホテルのツインルームのベッドは一つがセミダブルの大きさだから、寝ようと思えば大人二人でも充分である。

「話し合いが未解決ということにこだわるなら、ご主人はソファに寝るでしょう。しかし今夜、一緒に寝てしまえば、解決は早くなりますよ」

「昨夜まで、他の女の人が寝た場所よ」

「夫婦の一番てっとり早い狎《な》れ合いの方法は、少々、強引でも行動することが一番です」

「三樹さんにもおぼえがあるみたい」

「ないこともありませんがね」

佐々木がほろ苦い表情になった。

「女の人の気持はわかりませんが、愛情のなくなった女房を、とりあえずの解決のために抱くというのは、いやなものですよ」

「衣笠さん、奥さんに愛情がなくなったのかしら」

「そうとは限らんでしょう。奥さんは東京にいたようだし……大原さんのことは浮気かも知れませんね」

衣笠とは、遊びと割り切ってつき合っているのだといった大原麻以子の言葉を佐々木は考えていた。あれは本心なのか、女の見栄《みえ》か。

「子供さんがいるんですものねえ」

杏子が常識的なことをいい、佐々木もその常識に賛成した。

「夫婦別れというのは、子供がいたら、あんまりするもんじゃないと思いますよ」

三

なにはともあれ、衣笠夫妻が発ってしまえばと、佐々木が期待してむかえたその翌朝、事件はダイニングルームで起った。

リゾートホテルの泊り客は比較的、朝寝坊であった。

大原麻以子が朝食にやって来たのが八時でダイニングルームの中は空いていた。

カフェオレにクロワッサン、それに花ホテル特製のヨーグルトで、ゆったり食事をしている麻以子の前に、たまたま、衣笠夫人が子連れで入って来たものであった。

「あらっ」

と派手な声をあげたのは、夫人のほうで、麻以子はそ知らぬ顔で食事を続けている。

「あなた、昨夜、ここを出て行ったんじゃありませんでしたの」

流石《さすが》に周囲を考えて、声の調子をいくらか落したものの、逆上はかくし切れない。

大原麻以子はコーヒーカップの上から、ちらりと目をあげた。

「私、ここに滞在していますけれど……」

「なんて方……よくも厚かましく」

「別に衣笠さんと同じ部屋じゃありませんもの」

衣笠夫人が今にも叫び出しそうになった時、杏子は二人のテーブルの脇へ来た。

「あの、他のお客様の御迷惑になりますから、よろしければ、私の部屋のほうで……」

「主人を呼んで下さい。部屋にいます」

佐々木も、そこへ来ていた。ボーイが知らせに行ったものである。

「それでは、坊っちゃんは手前共でおあずかりしましょう」

少年はおとなしく、この年にしてはききわけがよかった。母親が出て行ったあと、
佐々木がテーブルへ案内し、なにを食べるかと聞くと、

「ホットケーキとミルク」

という。別に人みしりをするふうもないし、ダイニングルームからもみえる海を珍ら

しそうに眺めている。

母親のほうは、杏子の部屋で眼をつり上げていた。

「パリへ行って、あらためて、あなたにお話するつもりでした。ここにいらしたのならいい幸いだわ」

「私のほうは、別にお話することもありませんけれど……」

麻以子の態度は昨夜のフロントと同じであった。

「可笑しい、可笑しいと思っていたんです。夏の休みにも日本へ帰って来ないし……」

「まとまった休暇がおとりになれないそうよ。衣笠さんの会社、かなりきびしい状態ですって……」

「そんなこと、関係ないでしょう」

「少なくとも、まとまった体暇がとれない理由ではあるわね」

「あなたと、こんなところへ来る時間はあるのに……」

「しっかりなさってよ。パリ・ニース間はフライトで一時間ちょっと。パリ・日本間は少なくとも十五時間かしら。運賃の差はどのくらいでしょう」

細巻きの煙草をバッグから出して、麻以子は杏子にたずねた。

「煙草、かまいません」

どうぞ、と杏子が会釈し、

「やめて下さい、煙草の煙を吸っただけで肺癌《はいがん》になるのよ」

衣笠夫人がヒステリックに制した。麻以子は素直に煙草をバッグに戻し、所在なげに脚を組んだ。

「まだ、私に御用がおありなの」

「別れて下さい」

衣笠夫人が、それでも感情を押し殺した調子でいった。

「私には子供があるんです」

「衣笠さんとのおつき合いをやめろとおっしゃるんですか」

「貴女《あなた》ほどのインテリが、人の夫に手を出さなくてもいいでしょう」

「衣笠さん次第よ、今後、つき合うか、どうするかは……人間の関係は一方がその気にならなければ、そこでおしまいですからね」

「だから、貴女から別れて下さい」

「私は、貴女に規制されるおぼえはありませんよ。規制なさるなら御主人をどうぞ……」

「主人は別れるっていいました」

「それじゃ、よろしいじゃない」

「嘘なんです。主人は嘘をいう時、まばたきをする癖があって……姑《はは》が教えてくれたんです……実際、いつも、そうなんです……昨夜もやっぱり……」

「まばたきなさったの」

　低く麻以子が笑い出し、杏子も笑いを噛《か》み殺すのに苦労した。それにしても、女房とはなんという細かな部分まで観察しているものかと思う。

「主人を監視なんて出来ません。私は日本にいるんですから……」

「パリへ出ていらしたら……」

　麻以子が真面目とも冗談ともつかない口調で続けた。

「外国での男の一人暮しというのは大変よ。まして、会社が困難な状態にある時は、家庭が必要なのじゃない」

「主人は器用なんです。子供の時から身の廻りのことはなんでも一人でやっていますし」

「女房子の顔をみただけで、神経的にほっとするってこともあるでしょう。もっとも、その逆の場合も多いけれど……」

「私は日本から動けません。治の体が弱いんです。赤ん坊の時から病気ばかりしている子で……あたしが高年齢出産で産んだものですから……」

「高年齢出産って、おいくつ……」

「三十です」

「三十なら、いいほうよ」

　再び、麻以子が小さな笑い声を立て、衣笠夫人がきっとなった。

「貴女、四十歳ですってね、四十歳で、うちの主人の子供を産む気……」

麻以子が大きく手をふった。蜘蛛《くも》の糸でも払いのけるような手つきである。

「冗談でしょう、子供なんて真っ平……」

「じゃ、何故《なぜ》、主人とつき合っているんですか」

「少なくとも、子供を産むためじゃないわ。あたしくらいの年になると、人生、少々、寂しいこともある。気のきいた男友達の一人や二人、欲しくなるわ。衣笠さんとはフィーリングが合うのよ。ただ、それだけ……」

「そんなの迷惑だわ」

ドアが外からノックされた。

「衣笠様をおつれしました」

佐々木が神妙な顔で衣笠俊を伴って来た。

すかさず、麻以子が立ち上った。

「どうぞ、お二人でお話合いとやらをなさいませ。私は自分のバカンスの時間をわずらわされたくありませんので……」

杏子と佐々木に目礼して、さっさと部屋を出て行った。

四

杏子がフロントへやって来たのは、午《ひる》少し前であった。

「夫婦の話し合いって、第三者が聞いてるとナンセンスね。まるで蒟蒻《こんにゃく》問答よ」

「まだ、マダムの部屋にいるんですか」

「三〇五号室へお引取り願ったわ。私も、そこまでおつき合いは出来ませんもの」

「なんだっていってるんです」

今日、帰る客は衣笠夫妻をのぞいて、すべて順調にチェックアウトして行ったあとである。

フロントは一息ついた時間で、佐々木の口も軽かった。

「奥さんは別れて下さいって。ご主人は別れるっていうのよ。そうすると、奥さんが嘘だわ、まばたきしているって……」

まばたき、の意味を杏子が話すと、佐々木も笑い出した。

「漫才だな」

「当事者は、それどころじゃないでしょうけど……でも、そのくり返しよ」

「どうする気ですかね、子供をほったらかしにして……」

「治ちゃんはどこ……」

「プールサイドです。メイドがみています」

「大原さんは……」

「彼女もプールでしょう」

一日中、泳いだり、肌を焼いたり、木かげで読書をしたりという彼女の日課は、今日も変っていないらしい。

「女の人も強くなったものね」

愛人と本妻の対決は、常に愛人のほうに弱味があって、その分だけみじめな雰囲気がつきまとうものだが、大原麻以子には、その気配もない。

「自分も仕事を持っているという自信じゃありませんか。男に負けないだけの仕事をして、それだけの金を稼いでいる……」

パリで彼女が画廊を経営していることを、佐々木は、いつの間にか知っていた。

「衣笠氏をマダムの部屋へ伴《つ》れて行く時に、きいたんです。なかなかのやり手だそうですよ」

「大原さんが冷静なのは、衣笠さんと本気で結婚する気がないからでしょうね。とことん、愛してしまったら、ああ平然とはしていられないものよ」

「衣笠氏が、大原さんにとって、なりふりかまわず、夢中になれるほどの相手じゃないってことですかね」

それには返事をせず、杏子はテラスを抜けて庭へ出た。

サルビアの赤、マーガレットの白、それに色とりどりのブーゲンビリヤやハイビスカスの咲いている小径《こみち》を通ってプールへ行ってみると、驚いたことに、治が浮輪をつけて泳いでいて、彼に泳ぎのコーチをしているのが大原麻以子であった。

知らない客には、母親が息子に水泳を教えているとしかみえない光景である。

杏子がプールサイドに立っていると、麻以子が気がついて手を上げた。治が、きゃっきゃっと笑っている。

メイドは所在なげに、椅子に腰かけていた。

「あちらさまが、さっきから遊んで下さっているものですから……」

杏子は笑ってうなずいた。

このメイドは衣笠夫妻と大原麻以子の関係を知らなかった。

暫《しば》く眺めていてわかったことだが、麻以子は子供を遊ばせるのがうまかった。それも、子供を子供扱いしないで、対等に喋《しゃべ》り、同等に扱っている。それが、治のような子供には快いらしい。

五歳の子供は、昨日、自分の両親のトラブルをみている筈であった。母親と三〇五号室へ行った時、そこに父親と一緒にいた大原麻以子を目撃もしているに違いない。

しかし、今、プールで麻以子と遊びたわむれている少年の念頭には、そうしたことはまるで残っていないようであった。

少なくとも、自分をほったらかしにして話し合いに熱中している父や母よりも、今、楽しい時間を自分に与えてくれている、他《ほか》の小母さんのほうが、彼には大事な存在のようである。

やがて、麻以子は治をプールから上げると一枚のタオルを放ってやって、自分ももう一枚のタオルで体を拭いてみせた。少年が彼女の真似をしてタオルを使っている。母親なら、頭から体から、さあさあと赤ん坊のように拭ってやってしまうところである。

二人はプールサイドのスナックへ入って行った。

ハンバーグを二人分、注文している麻以子の声をきいてから、杏子はプールサイドをあとにした。

昼食時間のダイニングルームも、けっこう多忙であった。

夕食に割り込めないのを知っている外からの客が、もっぱら、昼食をねらってやってくるからである。

二時すぎまで、杏子はダイニングルームを手伝っていた。

佐々木がやって来たのは、ちょうど三時半で、

「衣笠夫妻が、やっと出発するようです。マダムに挨拶をしたいといっていますので

……」

と呼びに来た。

フロントへ行ってみると、衣笠俊が勘定をすませたところで、夫人のほうは相変らず機嫌の悪い顔でロビイの椅子にかけている。

杏子が挨拶をしていると、治を連れに行ったマークが走って来て、

「子供さん、モーターボートで遊びに行ったそうです」

お守役のメイドがマークのあとについてくる。

「モーターボートって……いったい、誰が……」

「さっきの奥様です。ずっと、坊やさんを遊ばせて下さった……」

佐々木が、杏子の顔をみ、杏子は止《や》むなくいった。

「大原さんなのよ。治ちゃんの相手をしていたんだけど……」

「誘拐だわ」

衣笠夫人が叫び出した。

「あの女が、治を誘拐したんです」

まあ、落ちついて、と夫が制したが、杏子は内心、ぎょっとしていた。

愛人がいやがらせに、本妻の子供をどうかするというのは、ないことではない。

「待って下さい」

佐々木が、衣笠夫妻に説明した。

「モーターボートは手前共のホテルの所有のものですし、無線で連絡がつきますので……」

ともかくも、モーターボートを繋留《けいりゅう》してある浜辺の桟橋へ行ってみた。

花ホテルは、岬《みさき》の先端に建っていて、その庭のもっとも岬寄りのところに屋外プールと、崖下《がけした》を利用した室内プールがあり、更に、その下の部分がプライベートビーチになっていた。

モーターボートのための桟橋はプライベートビーチのはずれの岩場の上にあって、そこへ行ってみると、ボートの係員がのんびりと日光浴をしている。

モーターボートは、大原麻以子が操って海へ出たという。

「ボートのライセンスを持っていたものですから……」

少年は嬉々としてボートに乗って行ったらしい。

「子供さんが乗りたがったんです。それで、マダムが……」

ボートの係員も亦《また》、衣笠夫妻と大原麻以子のトラブルを知らない。

海を見渡したところ、沖のほうにはヨットやらモーターボートやらが、無数にみえているが、あまり遠くて、どれが花ホテルのボートかわからない。

佐々木が無線室へとび込んだ。

何度、呼びかけても応答がない。

「警察を呼んで下さい。警察を……」

衣笠夫人は興奮し、もて余した衣笠俊が杏子に頼んで、エズの町から医者を呼んで鎮静剤の注射をする始末であった。

衣笠夫人は、薬で簡単に眠った。

「大原さんは、治ちゃんを遊ばせるためにボートで出かけたんですわ。適当な時間になれば必ず、帰っていらっしゃいます」

杏子がいい、衣笠がうなずいた。

「わたしも、そう思います。しかし、あの人がなにをしても、わたしはなにもいえない」

たしかにその通りだと、杏子は思った。

本妻がやって来てからの彼の大原麻以子への態度は、冷淡の一語に尽きた。

彼女が花ホテルを出て行ったのか、別の部屋に移ったのかさえ、フロントに訊《たず》ねても来なかった。

「昨夜からの、大原さんのことは、御心配ではありませんでしたの」

こんな場合に、男を責めるのは酷だと知りながら、女の立場で、杏子はいった。

「心配でした。しかし、彼女の性格を知っていましたから……」

男並みの仕事をして、四十まで結婚もしないで生きて来た女は、何事があっても冷静で合理的に行動するものと決めている。だから、恋人にしたのだといいたげであった。

「よけいなことですけれど、これから、どうなさいますの」

「女房とは別れられません。子供のこともありますし……私の立場もあります」

「では、大原さんは……」

「わたしがどう思っても、彼女のほうが二度とつき合ってくれんでしょう。こんな醜態をみせてしまったのですから……」

それも、男の都合のいい返事のようであった。

佐々木が戻って来た。

「ボートと連絡がとれました。今、こっちへ帰って来ます」

だが、大原麻以子が、治と一緒に花ホテルの桟橋へボートを寄せたのは、それから更に一時間も経ってからであった。

二人が手をつないで、ホテルの庭を横切って来た時、ちょうど、落付きをとり戻した衣笠夫人が夫と共にテラスまで出ていた。

母親の姿をみると、子供は正直に、他人の女の手をふり切って走ってくる。

「お母さん」

と呼んでとびついた我が子を抱き上げた女は、母親であることの優越感に酔っていた。

大原麻以子は誰にもなんにもいわず、二階への階段を上って行く。

衣笠夫妻は、それから三十分ばかりして花ホテルを出発してパリへ帰って行った。

八時半になって、大原麻以子は夕食に下りて来た。

今日は、ワインレッドの華やかなブラウスにシルバーグレイのスカートで、貝をデザインしたミラノのデザイナーのネックレスとブレスレットがリゾート地の気分を横溢《おういつ》させている。

「失礼ですけど、少し、つき合って下さらない。シャンペンを頂きたいんですが、一人では飲み切れませんので……」

そんな誘い方で、麻以子が杏子に声をかけ、花ホテルの女主人はなにもかも承知した顔で向い側の椅子にかけた。

麻以子が注文したのは、ロゼのシャンペンであった。

「ごめんなさい。いろいろ、御迷惑をおかけして……」

グラスをあげて、改めて頭を下げる。

「いいえ、私どものほうこそ……もう少し、気をつけていたら、あんな不愉快な思いをおさせしなくてすみましたのに……」

そもそもは、大原麻以子を衣笠夫人と疑いもしなかったことに起因している。

「そう申しては失礼かも知れませんが、とてもお似合いの御夫婦にみえましたもの」

今、彼女が衣笠をどう思っているかを知りたかった。

「大人の恋愛って、かっこいい言葉ですけれど、痛みが強いのは、やっぱり、女のほうかも知れませんわね」

妻の出現でうろたえた衣笠の態度もさることながら、一番、こたえたのは、治少年だったと、麻以子は告白した。

「小半日、あたしと遊んで、あんなに喜んでいた子が、母親をみたとたんに、とんで行ってしまったでしょう」

夫婦の話し合いで、ほったらかしにされていた子供である。

「私ね。無線の呼び出しは早くから聞えていたんです。でも、このくらいのいやがらせはしても許されるんじゃないかと思って……」

それも、治少年が母親にとびついた一瞬にこわれてしまった。

「だからといって、子供を欲しいなんて思いませんわ。子供なんて厄介なだけですし、子供を枷《かせ》にして愛にしがみつくなんてみじめなことだけはしたくありませんから……」

麻以子のとり上げたグラスに、海の夜景が映っていた。

孤独を感じさせまいと突っぱっている女にかえって孤独が滲《にじ》み出ている。当人は孤独と思わないにしろ、他人は彼女の翳《かげ》を孤独と感じるに違いないと思い、杏子は眼をあげてみた。

中庭をへだてて、ダイニングルームからフロントの一部がみえる。

そこでは佐々木三樹がいつものようにきびきびと働いていた。彼の姿を目にしただけで杏子の気持は落付いた。

杏子は、グラスをおき、孤独な客に会釈を残して、別の客をテーブルへ案内するべく、ダイニングルームの入口へ戻って行った。

危険な客

一

二月のコートダジュールは二年連続で寒気に見舞われた。

山沿いの町には雪が降り、折角、咲きかけたミモザの花の上に積った。

花ホテルのあるエズの町にも小雪が散らついたが、流石《さすが》に海側は地上に舞い落ちたとたんに白い結晶は水になってしまう。

それでも、気温は連日、低かった。

海も空も曇りがちで、地中海の明るさは全くかげをひそめてしまっている。

そんな或る日、ミラノから浜口啓太郎が電話をよこした。

彼は花ホテルのマネージャーである佐々木三樹の親友で、佐々木をこのホテルに紹介したのも浜口であった。ミラノの生地《きじ》会社で働いている彼が電話をして来たのは、実をいうと佐々木へではなく、花ホテルの女主人、朝比奈杏子に対してであった。

「すまんが、お前から杏子さんにきいてみてくれないか。杏子さんが持っている着物の中に、日本の藍染《あいぞ》めのものはないか、どうか」

「なんだ、いったい」

フロントで電話を受けながら、佐々木は庭の方角へ視線をむけた。

杏子は、花ホテルの料理長、ボブ・フォルランの女房のビルギットと二人で、花壇の手入れをしている。

この寒さで、温室から移し植えた花がすっかり枯れてしまったのを、丹念に取り除き、無事だったのは鉢に戻している。

土仕事をするために、ベージュのトレーニングウェアを着ているせいか、杏子がいつもより若々しく、少年のようにみえる。

「アシュレイからの注文で、日本の藍染めのようなプリントを引き受けるんだがね。彼自身、前に日本でみた模様をもう一つ、説明出来ないでよわっているんだよ。お前、波の中に魚がとびはねてる柄なんてみたことがあるか」

「俺に着物の柄なんぞ、訊《き》くだけ野暮だ」

受話器をおいて、佐々木は杏子を呼びに行った。

「浜口さんからなの」

汚れた手袋をはずして、杏子はフロントへ走って来た。

「波にお魚……裾模様じゃなくて……それじゃ小紋柄……いえ、つまり連続柄ってことよ。そうね、多分荒磯って名前の模様のことじゃないかしら。あたし一枚、持っていますよ」

暫《しばら》く、佐々木には全く通じない会話があってから、受話器を佐々木に渡した。

「浜口さん、これからみえるそうよ。あたし、着物を出していますから……」

「もしもし……」

と佐々木の耳に代った受話器の中で、浜口が張り切っていた。

「杏子さんのところに、いい藍染めがあるそうだから、参考のために、みせてもらいに行くよ。夕方までにはそっちへ着くから、よろしく」

慌しく切れた電話を戻して、佐々木は杏子の私室へ行った。

一階の奥まった片隅に杏子のプライベートルームがある。寝室と居間と納戸に分れているその部屋の、納戸のほうで物音がしていた。

「マダム、お手伝いしましょうか」

杏子が日本の着物を桐の簞笥《たんす》と、大きな茶箱にわけてしまっているのを、佐々木は知っていた。簞笥のほうなら女一人でも、なんとかなるが、積み上げてある茶箱だと、男手が入用である。

「お願い、たしか、この中だったと思うの」

杏子の返事を待って、佐々木は納戸へ入り、かなり大きな茶箱を居間のほうへ運び出した。

外側が木材で出来ていて、内側に錫《すず》を張った日本茶を入れるための古風な箱は、着物をしまっておくのにも便利で、杏子はそれを日本から日本茶を取りよせる時に、茶箱に入れてと指定し、その空箱を着物入れに愛用していた。

重い蓋《ふた》をあけると、香《こう》の匂いがした。それも、日本からとりよせた衣裳《いしょう》のための香袋で、虫よけと着物にいやな匂いのつかないよう杏子はどの茶箱にも、簞笥のひき出しにも季節ごとに新しいのを入れかえている。

「浜口のいうこと、僕にはチンプンカンでしたが、いったいなんですか」

一枚、一枚、たとうに入った着物を居間のテーブルやソファの上に並べている杏子へ佐々木は訊《たず》ねた。

「三樹さんはロバート・アシュレイなんていっても知らないでしょう」

「いくらなんでも、そのくらいはわかりますよ」

パリで帝王と呼ばれるファッションデザイナーであった。

今から十年ばかり前に、弱冠二十四歳でパリのコレクションに登場し、忽《たちま》ち、オートクチュールの帝王の名をほしいままにした。

以来、世界でもっとも人気のあるデザイナーとして服飾界に君臨している。

「浜口さんの会社のシルクはアシュレイのお気に入りの一つなのよ」

ミラノで一流中の一流といわれる生地会社であった。殊にシルクは最高と自他共に認めている。

「来年の春夏のコレクションにアシュレイが藍染め風のプリントを使いたいっていって

るんですって」

「来年の話ですか」

「パリコレの世界で、来年は明日みたいなものよ。一月末に今年の春夏のコレクションが発表されるんですもの」

秋冬のコレクションは盛夏の七月に終ってしまう。

コレクションでさえ、季節に半年、先行するのだから、その準備期間は、素材の場合、一年も前になるのも珍らしくはないと、杏子はちょっと得意そうにお喋りした。

「アシュレイは、何年か前に日本へ行ったことがあるの。その時にみた藍染めのイメージを、自分のコレクションに使ってみたくなったんですって」

たとうを開けて、杏子が広げたのは白地に濃紺で荒磯を染めた小紋の単衣《ひとえ》であった。

「これですか、魚がとびはねていて、波がどうとかいったのは……」

「古くからある柄だけど、たしかにモダンね」

「こんなんで、ドレスを作るんですかね」

佐々木は一つ、合点が行かない顔で久しぶりの日本の着物を眺めていた。

花ホテルで、杏子はまず着物をきたことがなかった。

殊更に日本人を売り物にするつもりがないのと、彼女自身、自分が目立つのを好まないせいであった。

しかし、着物を着たら、さぞかし似合うに違いない杏子の容姿であった。個性的な顔立ちだが、よく見ると肩の線が柔かく、すらりとした体つきであった。無論、洋服もよく似合う。大胆なイヴニングドレスも、平凡なブラウスも、さりげなく着こなすのが巧みな杏子である。

居間には何枚かの藍染めの着物が揃《そろ》った。牡丹《ぼたん》に唐草とか、千鳥とか、葡萄《ぶどう》の柄とかバラエティに富んでいる。

「マダムは衣裳持ちですね」

こういうものに興味のない佐々木だが、つい、感嘆した。

「藍染めが好きだったから、いつの間にか数がふえたんでしょう」

殆んどが若い時代に作ったものだという。

「日本にいたら、せっせと着たでしょうけれどね」

パリへ留学中に、フランス人と恋をして結婚したことが、杏子を日本から遠ざけた。最初の夫、ピエール・パキエが若死にして、イタリヤ人のアンジェロと再婚した。が、アンジェロの浮気で離婚して、エズの町に花ホテルを開業したのが二年前のことである。

「お客様がお発ちになります」

フロント係のマークから電話が入って、佐々木も杏子も、束《つか》の間《ま》の母国への郷愁をかなぐり捨てた。

二

浜口啓太郎が花ホテルに到着したのは、夕方の五時であった。

一人で来るような電話の口ぶりだったのに、連れが三人ほどあった。

「アシュレイ氏と、マネージャーのシモンさん、秘書のオーソン夫人だ」

浜口が紹介するまでもなく、杏子も佐々木も、このパリの有名人の顔はよく知っていた。

「杏子さんのところに、藍染めのきものがかなりあるといったら、アシュレイ氏が自分でみたいといい出してね」

布地の打ち合せにミラノへ来ていたのだが、そのまま、浜口と一緒にここへ来たという。

「困りましたわ、お役に立ちますか、どうか」

とりあえず、花ホテルの中のスイートルームに案内した。

「すばらしいホテルですね」

バルコニイから海を眺めて、アシュレイは神経質そうな顔をほころばせた。

お茶が運ばれ、一息したところへ、杏子が藍染めの着物を持参した。

三十枚ばかりの着物が広げられ、アシュレイは眼を輝やかせて熱心にみている。

打ち合せが終ったのが七時すぎで、浜口が喜色満面でフロントへやって来た。

「トレビアン、トレビアンの連続だよ。みんな素晴しいっていい出して、おかげで、新しいプリントのイメージがどんどん決定してね」

アシュレイは、何日かこのホテルに滞在して、プリントのデザインをはじめるという。

「あの部屋、一週間ぐらい、借りられるかな」

急のことだったが、二月のコートダジュールはオフシーズンであった。

花ホテルにしたところで、客は少ない。

「他に、もう二部屋、マネージャーと秘書が泊る」

「大歓迎だよ。こっちはおかげで赤字解消になる」

その夜は浜口も泊った。

翌日にはミラノから、アシュレイの担当者が何人もやって来た。

ホテルの中がなんとなく活気づいてくる。

それでも全部で三十五室の中《うち》、三分の二しか客の入っていない花ホテルは静かであった。

アシュレイの仕事ぶりは比較的、おっとりしていて、朝は遅く、午後は室内プールで泳いでいたりする。

それでも仕事がぐんぐん、はかどっているのは、ミラノから来ている連中の動きや、マネージャーがパリへ電話する回数が増えているのでもよくわかった。

佐々木三樹が、労働許可証の書きかえのためにパリへ行く日が来たのは、アシュレイが花ホテルに滞在している最中であった。

「大事なお客さんのいる時に、ホテルを留守にするのは、どうも、気になるのですが……」

といって、書きかえにむこうが指定して来た日を延ばすわけには行かない。

「どうせ一日じゃ、すまないんでしょう」

杏子がちょっと心細そうな顔をみせた。

フランスでは、外国人に対する労働許可証が年々、やかましくなって来て、最近は新しく発行されることはまずないといってよく、以前に与えた労働許可証に関しても、その書きかえの時に、なにかと苦情をいいたてて、取り消しにしたい意向がみえみえであった。

「どこの国でも、自分の国の国民の就職を第一に考えるわけで、なにもフランスだけのことじゃないがね」

自分の経験でも、今年はかなり厄介だったと浜口は佐々木に告げた。

「なにをいわれても、ねばりにねばって、書きかえをしてくることだ」

パリへ発つ佐々木をニース空港まで車で送ってくれて、浜口がいった。

「お前の留守中はなるべく、花ホテルへ来ているようにするよ」

どっちみち、仕事がらみであった。

「そういえば、花ホテルは、どういう形で許可をとっているのかね」

「オーナーは、一応、パキエ夫人の名義にしてあるそうだよ」

それは、佐々木も最近知ったことであった。

書類上の経営者は、杏子の最初の夫、ピエール・パキエの母親のジョセファ・パキエになっているという。

「しかし、杏子さんも、まだ、戸籍上はパキエ家に入っているんだろう」

夫の死後、杏子はそのまま、戸籍をパキエ家に残している。二度目の結婚の時、アンジェロのほうへ籍を移さなかったのは、

「アンジェロ氏のほうに、いろいろ、厄介な問題があったからだろう」

ミラノでは指折りの大金持だが、少々得体の知れないところもある。もっとも、イタリヤでは政府高官の中にマフィアの一族がいると噂《うわさ》されるお国柄であった。

それにくらべると、パキエ家のほうはフランスの貴族の家柄で、四代続いている高名な宝飾商でもある。そっちに戸籍をおいたほうが、杏子にしても、なにかと都合がよか

ったに違いない。

「いつまでも、パキエ家の未亡人ってわけには行かないな。第一、お前と結婚する時には、どうしても、パキエ家から籍を抜かなけりゃならんだろう」

浜口がいつものようにずけずけといい、佐々木は照れた。

「誰が、結婚するんだよ」

「とぼけるなよ」

「マダムにひっぱたかれるぞ」

「今まで、なんでもなかったというならそいつはお前に積極性がなさすぎるせいだぞ。こういうことは、まず、男から行動を起すものだ」

「それが出来れば、苦労はないさ」

つい、親友の前で本音が出た。

「瘦《や》せ我慢なんぞ、するなよ」

杏子にしたところで、三十のなかばをすぎている。

二度、結婚していることも、彼女の気持のハンデになっていると、浜口はいう。

「俺だって、一度、失敗しているよ」

「杏子さんの過去を気にしないなら、結婚しろよ。それが自然なんだ」

「過去なんぞ、気にしないが、どうも、髪結いの亭主になるような気持がしてね」

「見栄《みえ》なんぞ張ってると、とんびに油あげさらわれるぞ」

ニース空港からパリ行の便でとび立ってから、佐々木の心の中には、浜口との会話がそっくりうずくまっていた。

たしかに、杏子を愛していると思った。

初対面から女主人に惹《ひ》かれて、その気持は花ホテルで働く歳月と共に深くなった。

杏子の気持もわかっていた。うぬぼれでなく、二人の間にはたしかな愛が育っていると思う。

佐々木がふみ切れないのは、浜口にもいったように、杏子が花ホテルの女主人であるという点であった。

花ホテルが、エズの小さな町の小さなホテルながら、この二年の中に、知る人ぞ知るホテルになり、常連客も安定したのは、佐々木の努力に負うものが大きかったと、彼も自負してはいる。

が、それにしても、女主人とマネージャーであった。

花ホテルは杏子の資産である。

こだわるまいと思いながら、佐々木の中にある男の気持が、もう一つ、すっきりしない。

それでも、浜口に忠告されるまでもなく、このまま、ずるずると月日を送るのは、本意ではなかった。

佐々木の忍耐も、ぽつぽつ、限度へ来ている。

パリでの、労働許可証の書きかえは、思った以上に手間どった。

どこの国の役所も、相手の都合などはおかまいなしに、何度でも手続きに出頭させることを当然と心得ている。

佐々木にしても、パリでの毎日を無駄にはしていなかった。

旅行社への挨拶廻りや、パリ在住の得意客のところへ、ニースで用意して来た土産物を届けたり、その間を縫って、ホテルでの備品などを買い歩く。

「ジュッセルドルフの大久保さんがパリへ来て居られるのを知っていますか」

航空会社のカウンターへ寄った時に、顔見知りの係員から教えられた。

「大久保さんが……」

かつて、佐々木が働いていた日本商社の上役であった。

佐々木が離婚を契機に会社をやめるときも、心配してくれたし、花ホテルで働くようになってからは、いい客を紹介してくれた。

カウンターで、大久保彦市の泊っているホテルを教えてもらって電話を入れてみると、大久保彦市は部屋にいた。あいにく、今夜は約束があるが、よかったら明朝、一緒に食事をしないかと誘われて、佐々木は快諾した。

大久保彦市のホテルは、チュイルリイ公園に近かった。約束の時間よりも十五分ばかり早くに行ったのに、大久保はもうロビイにいて、穏やかな笑顔で佐々木を迎えた。

「昨夜、遅かったんじゃありませんか」

ダイニングルームのテーブルに向い合ってから、佐々木がいうと、大久保は笑った。

「もう、夜のつきあいは御免だよ。体がもたんし、面白くも可笑《おか》しくもない。そのかわり、朝は早くに目がさめる。年には勝てないな」

今年中には日本へいったん帰れるだろうと、嬉しそうでもあった。ジュッセルドルフ勤務は、かれこれ七年になるという。

「ところで、君に是非、紹介したい人物があるんだが、今夜の予定はどうなっているのかね」

三

佐々木三樹がパリへ出発した翌日に、アシュレイがやはりパリへ出かけた。

パリのアトリエで大事な客の仮縫があるという。

「まだ仕事は終っていませんし、ここが大変お気に入りなので、パリの用事がすみ次第、ここへ戻って来たいとおっしゃっていますので、部屋をそのままにしておきたいのですが……」

秘書のオーソン夫人が、杏子の許《もと》へ相談に来て、勿論《もちろん》、杏子は喜んで、その申し出を受けた。

マネージャーのシモンは五十がらみの小男で、あまり風采《ふうさい》の上るほうではないが、商売の腕はまことにしたたかで、アシュレイの商品はオートクチュール、プレタポルテのファッションをはじめとして、靴やバッグ、スカーフ、ハンカチーフ、ストッキング、傘、タオル、寝具に至るまで、この男の手で世界に売り出している。

オーソン夫人は、四十そこそこだろうか。

みるからに品のよい、知的な女性であった。

アシュレイの身の廻りの一切から、スケジュールに至るまで、彼女がとりしきっているらしく、マスコミへの窓口もすべて、オーソン夫人が対応した。

花ホテルに滞在中も、アシュレイが自分で口をきくことは殆んどなく、電話は勿論、食事の注文までが、彼女に一任されていた。

彼女とアシュレイの間柄は、主人と秘書であると同時に、姉弟のようでもあり、場合によっては恋人にもみえることがあった。

花ホテルでは、従業員にお客のプライバシイに関する私語をきびしく禁じていたが、それでも、アシュレイとオーソン夫人に関しては誰もが好奇の目をもって眺めている。

アシュレイ一行がパリへ出かけたのと入れ違いに、花ホテルには、久しぶりの客が到着した。

ジベール・パキエであった。

彼は、杏子の夫だったピエールの弟で、一年前に母のジョセファと一緒に花ホテルに滞在したことがある。

予約もなにもなしの客ではあったが、杏子は喜んで、この義弟を迎えた。

「すまないが、宿泊簿の、僕の名前を偽名にしておいてくれないか」

今回は内々の旅行なのだ、とジベールはかつての兄嫁に苦笑した。

「とにかく、休暇がまるっきりとれないんだ。マネージャーがやり手すぎて、主人を犬のようにこき使う奴でね。どこへ行っても、すぐに電話だ。一日の中に何十回となく電話のベルが鳴る。僕の神経が可笑しくなるのも当り前じゃないか」

両手をあげて、肩をすくめたジベールは、たしかに疲れた表情をしていた。

何年か前に、世界的に権威のある宝飾デザイン賞を獲得し、パキエ宝飾店の主人であると同時にデザイナーでもある彼であった。

「よろしゅうございますわ。外部からのお問い合せには、お泊りになっていらっしゃらないと返事をさせますわ」

「用事のある時は、僕のほうから電話をする。母からの電話にも、来ていないといってくれ」

「お母様にも……」

流石に驚いた杏子に、ジベールは子供が悪戯《いたずら》をする時のような微笑をみせた。

「母は人がよいのでね。マネージャーの追及に嘘《うそ》がつけないんだ。勿論、暫く休養のために旅行するとはいって来てあるから、心配はしないが、ここだと教えたとたんに、マネージャーに筒抜けになってしまうんだよ」

たしかに、その通りかも知れなかった。

貴族の家に生まれ育ったパキエ夫人はおっとりと上品で、嘘やかくしごとの出来ない性格であることは、嫁であった杏子もよく承知している。

「わかりましたわ。フロントによく申しておきます」

フロントで働いているマークは、ボブとビルギットの長男であった。

もともと、ボブはパキエ家で働いていたのを、パキエ夫人が勧めてパリのレストランでコックの修業のしなおしをさせ、その後もしかるべきレストランで働いていたのを、杏子が花ホテルを経営することになって、シェフとして迎えたものである。

従って、ボブにもビルギットにもマークにも、ジベールは、むかしの御主人様、若旦那様であった。

「ジベール様は、おいくつになられたんでしょうね。前より、いくらかお老けになったようにみえますけど……」

ジベールが花ホテルに滞在して二日目に、ビルギットが少し心配そうに杏子にいった。

「今年、三十七歳におなりかしら」

指を折って、杏子は数えた。

義弟の年齢を数えることで、歳月の重みが胸に痛いようである。

「まだ、そんなに老けるというお年ではないでしょう。そうみえるとしたら、よっぽどお疲れなのよ」

ジベールがパキエ宝飾店を継いだ頃が、パキエ家の危機であった。昔ながらの商法を守って来た店は極端な経営難におち入り、一時は倒産の噂も出たほどである。

パキエ家で未亡人になったばかりの杏子がアンジェロの求婚を受けた理由のかなり大きな部分が、パキエ宝飾店の危機であった。

ジベールが焦って乱発した手形の大部分がアンジェロの手に集まっていて、その始末のために、杏子はアンジェロに嫁いだようなものである。

だが、その後、ジベールは奮起して、宝飾デザインで受賞し、パキエ宝飾店は辛うじて立ち直った。

店の経営も専門家の指導で、特別の得意客、いわゆる王侯貴族だけをあてにする商売から、一般客が比較的、気易く店を訪れることが出来るような金細工だけの安価なアクセサリイを主流にした。ライターや皮製品にも手をのばした。

商売の手が広がれば、ジベールの生活も多忙になるわけで、おそらくアシュレイと同じように秘書の作ったスケジュールにふり廻される毎日に違いない。

「せめて、ここにいらっしゃる間だけでもゆっくりさせてさし上げましょう」

義弟の健康を、杏子は真剣に気遣った。

ジベールは午前中を殆んどベッドですごしていた。

昼食におきてくると、午後はサンルームで日光浴をしている。

時折、杏子がのぞいてみると、海をみているか、ねむっているかであった。

外部から電話がかかって来たのは、彼が到着して三日目のことで、マネージャーのオズモンドという男からであった。

無論、フロントのマークは、丁重に、

「ジベール様は、おみえになっていらっしゃいません」

と返事をした。

仕事の都合でミラノへ帰っていた浜口啓太郎が花ホテルへ戻って来たのは、その日の午後で、杏子はフロントにいた。

「佐々木は、まだ、帰りませんか」

開口一番に、それを訊いて、杏子がまだだと答えると、いくらか、ためらいがちにアンジェロからの伝言を話した。

「たまたま、今日、ミラノの空港でお目にかかったのですがね、明日、用事があってモナコまでみえるそうです。どうしても、杏子さんに話したいことがあるので、午後三時にお電話をなさるそうです」

杏子は眉をひそめた。別れた夫である。

「なんの用か、浜口さんに申しませんでしたの」

「内容はなにも……ただ、早急に、重要な件を耳に入れたいような口ぶりでした」

「なにかしら」

杏子には見当もつかない。

「三樹さんが帰って来てくれるといいのだけど……」

思わず呟《つぶや》いたのは、アンジェロの用件というのが、どうも、いやな予感がしてならなかったからである。

そんな杏子の想いが通じたのか、佐々木が花ホテルへ帰って来たのは、翌日の午前中で、

「本当なら、昨夜、帰りたかったんですが、大久保支店長にお会いしましてね。どうしても、或る人間を紹介したいといわれまして、晩飯を御馳走になったりしたものですか

ら」

労働許可証は、なんとか無事に書きかえが出来たし、必要な買い物もすませて来たという。

「よかったわ。留守中のことで、少し御相談があるの、私の部屋へいらして……」

いそいそと杏子が佐々木を拉致《らち》して行くのを、微笑《ほほえ》ましく見送りながら、浜口啓太郎はふと、気になった。

昨夜、パリで大久保彦市から或る人物を紹介されて、と弁解した時の佐々木の表情に微妙な翳《かげ》のあったことである。

で、三十分ほどして佐々木がフロントへ戻って来た時、早速、訊ねた。

「大久保支店長に紹介されたって、誰なんだ。まさか、縁談じゃないだろうな」

「そんな色っぽい話なもんか」

「じゃあ、なんだよ」

佐々木が、さも用ありげに客のいないバアのほうへ移動したので、浜口も心得て、ついて行った。

「大久保さんの友人に、オリエンタルホテルの社長で児玉晃という人がいる」

その名前はミラノに住む浜口啓太郎も知っていた。

日本国中にオリエンタルホテル・チェーンを七、八カ所も持っている一級の実業家であった。

「大久保さんは近く退社して、児玉さんが今度、ジュッセルドルフに完成させるオリエンタルホテルの社長になるそうだ」

「お前に誘いがかかったというわけか」

「考えてみてくれといわれただけだよ」

佐々木が、この男にしては気の弱そうな表情をした。

「大久保さんが、お前に助力を求めているんだな」

生《は》えぬきの商社マンであった。ヨーロッパでは顔が広いが、ホテル業は初体験であった。

出来ることなら、その方面に経験の豊かな部下を伴って行きたいところに違いない。

「相手が大久保さんじゃ、お前もつらいところだな」

その場で拒絶出来なかった佐々木の気持を浜口は推量した。

「少しだけ、考えさせてくれと返事をして来たんだ」

「お前が花ホテルをやめるとは思わんがね」

ジベールがバアに入って来たので、二人の会話はそこで終った。

「サンルームにいたら、咽喉《のど》が乾いてね。なにか軽いものを、ウイスキーソーダーでも貰《もら》おうか」

佐々木がその仕度にかかろうとした時、フロントの電話のベルが鳴った。丁重に応答していたマークが、ちょうどビルギットと一緒にロビイへ出て来た杏子へ声をかけた。

「アンジェロ様から、お電話でございます」

浜口が佐々木をみ、佐々木はウイスキーソーダーをジベールの前のテーブルへおいて、その足でフロントへ行った。

杏子はアンジェロと英語で話していた。何度か押し問答があって、仕方なさそうに受話器をおいた。

傍《そば》にいる佐々木になにかいいかけた時、玄関に車が着いてアシュレイとオーソン夫人が入って来た。

「マダム、又、お世話になりますよ」

珍らしくアシュレイがやや低い声でいい、オーソン夫人が、やはりフランス語で挨拶をした。

佐々木がすぐにルームキイをとり、浜口と一緒に部屋までお供をして行った。

杏子が佐々木にアンジェロからの電話の内容を話したのは、佐々木が再びフロントへ戻って来てからであった。

四

夜八時をすぎて、佐々木は外出仕度をし、杏子の部屋へ行った。

「これから行って来ます」

杏子の顔色が、化粧をしていても蒼《あお》ざめてみえた。

「あたしが一緒に行かなくて大丈夫かしら」

佐々木はもう何度目かの、杏子を安心させるための微笑を作った。

「アンジェロ氏は、花ホテルのことで、マダムに重大な話があるといわれたんですから、ホテルのことなら、マネージャーの僕が代ってうかがいますといいますよ」

その他《ほか》にも、ジベール・パキエが来ていることも、杏子がモナコへ来られなかった理由の一つになる。

「場所はカジノの庭で、九時でしたね」

念を押して、佐々木はフロントへ来た。

浜口が、そこに立っている。

「俺も行こうか」

「いや、ホテルにいてくれ」

アンジェロの話の内容によっては、あとから杏子にモナコまで来てもらうことになる。その時は、浜口に同行を頼む心算《つもり》であった。

「気をつけて行けよ」

佐々木の車のところまで送って来て、浜口は手を上げた。

花ホテルからモナコのカジノまでは佐々木にとって通いなれた道であった。

シーズン中は週に二日、シーズンオフは泊り客の希望があれば、花ホテルのマイクロバスを佐々木が運転してカジノへ客を案内する。

が、今夜はあいにく、雪であった。

夕方からの雨がいつの間にか雪になってフロントガラスが白くなるほどの降りである。

それでも道路は凍っていないし、走りにくいこともない。

カジノへ着くと、顔見知りのダニエルという警備員が入口の椅子から立ち上って来た。

「今日は一人かい」

佐々木が客の案内でなしにカジノへやってくるのは珍らしい。

「人に会いに来たんだよ」

ミラノのアンジェロというイタリヤ人だというと、流石に古顔のダニエルは知っていた。

「アンジェロさんなら、昼間から来ているよ」

ルーレットで、かなり勝っていたと、そんな報告もしてくれる。

カジノの中かと、佐々木は一応、見て歩いたがそれらしい姿はなかった。

もっとも、約束の時間よりは、かなり早く着いてしまったから、カジノの時計はまだ九時になっていない。

ベランダへ出て庭をのぞいた。

雪がうすく積っていて、更にその上にもしんしんと降り続いている。

カジノの客の中にはバルコニイまで出てみる者もあったが、すぐ慄《ふる》えながら戻ってくる。

夜はかなり冷えて来ているようであった。

ここの庭はかなり広かった。海へむかって石段があり、又、庭が踊り場のようにあって、再び石段になる。

植込みもいくつかあって見通しはよくなかった。

まさか、この雪の中に、アンジェロが待っているとも思えない。それでも、念のために庭を一巡するつもりで、佐々木はカジノの入口へコートを取りに戻った。

ちょうどダニエルが、佐々木を探してこっちへ来かかるところで、

「電話があったよ」

花ホテルからで、事情が変ったからすぐ帰って来いという伝言だという。

いつもの佐々木なら、そこで花ホテルへ電話をかけて、事情を確かめていた筈《はず》であった。

その余裕がなかったのは、てっきりアンジェロが花ホテルにやって来たと思ったからである。

「ありがとう。又、出直してくるよ」

「気をつけて行け。今夜はかなり降りそうだ」

ダニエルはこのあたりでは滅多に着ることのない厚手のコートを着て、寒そうに首をすくめている。

花ホテルへ戻って来たのが十時を過ぎていた。僅かの時間に道路が凍り出していてタイヤがスリップするので、往きのようなスピードは出せない。

車の往来は殆んどなくなっていた。

フロントへ走り込むと、そこに浜口と杏子がいた。

「どうだった」

「彼の話、なんでしたの」

佐々木をみて、ほっとした顔の二人から同時に訊かれて、佐々木はあっけにとられた。

「事情が変ったから帰って来いという電話をカジノにかけたんじゃありませんか」

杏子が浜口をみた。

「なんのことだ」

「アンジェロに会わない中に、そういう電話が花ホテルからあったと、警備員が教えてくれたんだ」

「俺は、かけないぞ」

「あたしだって……」

杏子と浜口以外に、そんな電話をする者がいるわけはないと思いながら、念のために、マークにもボブにもビルギットにも訊いてみた。

勿論、三人共、否である。

「なにかの間違いじゃないか」

「まずったな」

カジノへひき返そうとする佐々木を杏子がとめた。

「この雪じゃ危険よ。どっちみちアンジェロから連絡があると思うの。あたし、雪で車が動かなくなってひき返したというわ」

浜口もうなずいた。

「チェーンなしじゃ走れそうもないぞ」

南欧のことで、チェーンなどというものはどの車にも用意していない。

雪はコートダジュールという土地では信じられないような降り方をしていた。

花ホテルの庭も、まっ白である。

「こりゃあ、積るな」

ミラノに住んでいて、雪は珍らしくもない浜口啓太郎がテラスのガラス窓に顔をすりつけるようにして海のほうを眺めていた。

一夜あけてみると雪は十センチくらい積っていた。吹きだまりは三十センチにもなっている。

雪の明日は上天気と相場がきまっていたが、コートダジュールもその通りで、朝から輝くばかりの太陽が雪上を照らし、気温もぐんぐん上った。

「慌てて雪かきをするまでもなかったな」

佐々木に手伝って、花ホテルの門から玄関までの車道の雪をすっかり片づけて一汗かいた浜口が笑った。

実際、庭の雪もみるみる溶けている。

モナコの警察が来たのは、正午前で、カジノの警備員のダニエルが一緒であった。

「昨日、カジノへ行ったムッシュ佐々木に面会したい」

といわれて、フロントにいた佐々木は気軽く、挨拶をした。

「僕が佐々木ですが」

「昨夜のことで、少々、質問したいが……」

警官は二人ともイタリヤ人であった。フランス語も喋《しゃべ》るが、訛《なま》りが強い。

「なんなら通訳するよ」

浜口がロビイのすみに彼らを案内する佐々木に声をかけた。

イタリヤ語は浜口のほうが遥かに達者である。

訊かれたのは、昨夜の佐々木の行動である。

カジノへ着いた時刻は、ダニエルの申し立てと一致した。佐々木は到着した時に自分の腕時計で時刻を確認している。ダニエルは佐々木が腕時計をみるのに釣られて、彼もカジノの柱時計を眺めていた。

八時四十分である。

「ダニエルに挨拶して、カジノの中を廻りました。ちょっと人と待ち合せをしていたので……」

バルコニイまで出て庭を見渡し、コートを取りに戻ったところで、花ホテルからの伝言をダニエルから聞き、そのまま、車でひき返した。

「カジノを出たのは、九時二十分くらいだったと思います」

ダニエルもうなずいた。

「ムッシュ佐々木はバルコニイから庭へ出ましたか」

初老の警官が質問し、佐々木は否定した。

「バルコニイまでは出ましたよ。しかし雪が降っているし、庭に人影もなかった」

それでも念のため廻ってみようという気になってコートを取りに戻ったのだから、実際に庭へは一歩も出ていない。

「いったい、あなた方は、なんで、そんなことを訊かれるんですか」

佐々木の反問に、警官が顔を見合せ、ダニエルが待っていたように答えた。

「アンジェロさんが殺されていたんだよ」

「なんだって……」

傍にいた浜口がとび上りそうになった。

「どこで、いつ……」

「カジノの庭で……昨夜、殺されたらしいというのだがね」

発見されたのは今朝になってからで、それも死体の上に積っていた雪が溶けはじめてのことである。

アンジェロはピストルで心臓を撃たれていた。おそらく即死で、死亡時刻は午後八時から十時の間といわれている。現場はカジノの庭で、もっとも海に近いみはらしのよい場所であった。

夏には近くのヨットハーバーの突堤の上からあげられる花火の絶好の見物場所でもある。

ピストルは現場に残されて居らず、焼けこげの毛布だけが発見された。これは、ひどいぼろ毛布で、どこかのごみ捨て場から拾って来たような代物《しろもの》である。

「あなたはアンジェロ氏に会いにカジノへ行ったそうですね」

「そうです。しかし、彼の姿は見当らず、僕はホテルからの電話で、ここへ引き返しました」

警官に答えながら、改めて佐々木はダニエルにいった。

「君に訊きたいと思っていたんだが、昨夜の花ホテルからの電話は男だったのか、それとも……」

ダニエルが無雑作に答えた。

「男だ。女なんかじゃない」

「言葉は……」

「英語だった」

「声に特徴はなかったか」

「いや、別に……ごく当り前の……」

短かい電話の声は、ダニエルの印象に残らなかったらしい。

一通りの質問を終えて、モナコの警官がひきあげる時に、杏子は佐々木や浜口と一緒にモナコまで出かけることにした。

アンジェロの遺体は、モナコの病院に運ばれているという。すでにミラノのアンジェロの留守宅には知らせが行っているので、やがて家族がかけつけてくるだろうが、かつての夫に対して、杏子も知らぬ顔は出来なかった。

日本的な発想かも知れないが、せめて香華《こうげ》の一つもたむけたい気持がある。

モナコの警察病院へ行くまでの道中で聞いたことだと、アンジェロは昨日の午前中にモナコの、カジノのすぐ隣のホテルへ投宿し、午後になってカジノへ出かけたらしいという。

伴《つ》れはなく、一人であった。

アンジェロのような男が、女も連れずにカジノへ遊びに来る筈はないから、彼の目的は浜口に伝言したように、杏子に逢《あ》うためであり、それも、なにか早急に、重大な話を告げる必要があってのことに違いない。

だが、アンジェロはそれを杏子に告げることなくして死んだ。

五

花ホテルの空気が、どことなく沈鬱《ちんうつ》なものになった。

モナコ警察が、佐々木三樹に容疑を持っているのは明らかであった。

当夜、佐々木はアンジェロに会うためにカジノへ来た。当人は会えずに帰ったといっているが、八時四十分にカジノへ入り、九時二十分に帰るまでの間に、庭でアンジェロを射殺するのは出来ないことではなかった。

ただ、カジノに、佐々木に有利な証言をした者が二人ばかりいた。

カジノで客引きをしている女たちでソニアというのとマリアというのが、佐々木はカジノを歩き廻ったり、窓から庭をみてはいたが、バルコニイから外へは出て行かなかったと警察の調べに答えている。

ダニエルにしても、

「あの人は、人殺しなんかしやしねえよ。俺は、これでも警官をしていたことがあるんだから、人を殺して来た人間が自分の前に立ったら、顔色や様子でわからねえわけがねえ。佐々木さんには可笑しなところは、なんにもなかった」

と証言したが、これはあまり取り上げられなかった。ダニエルと佐々木が以前から親しかったためである。

警察は、佐々木にアンジェロを殺害する動機があったかどうかを、アンジェロの側から調査しているようであった。

「冗談も休み休みにしてもらいたいよ。あの晩、カジノに来ていたのが佐々木一人じゃあるまいし、早い話が俺だって佐々木のあとからカジノへ行って、アンジェロを殺そうと思えば殺せるんだぜ」

浜口は立腹して、そんなことをいったが、佐々木は自分の他に、あの晩、ホテルを車で出た者があり得ないのを知っていた。

なによりの証拠は雪であった。

佐々木がホテルを出る時、ホテルの玄関から門を出る一本道には、うすく雪が積り出していて、そこにタイヤの痕《あと》はなかった。

そして、十時をすぎて佐々木が戻って来た時、凍りかけている門からの坂道には、二時間前に佐々木が出て行った時についた車のタイヤの痕だけが残っていて、更にその上にも雪が積っていた。

花ホテルに戻ってからの佐々木は夜っぴてフロントにいた。

もしも、このホテルを出て行く車があれば、その音を聞きのがすわけがなかった。

フロントにいたマークと浜口にしても、佐々木が出かけたあとに、花ホテルから誰一人、外出した者がないことを知っている。

「俺にアンジェロを殺す理由がないこともないな」

つとめて平静でいようと心がけながら、佐々木は、浜口にだけ苦笑していった。

「アンジェロが、今でもうちのマダムに気があるとしたら、俺とあいつは恋敵ということになる」

「だからって、お前がアンジェロを殺す必要があるか。杏子さんはお前に首っ丈なんだ。アンジェロがお前を殺そうというのなら、わかるがね」

「むこうが殺そうとしたので、ピストルを奪って逆に殺《や》っちまったというのはどうなんだ」

「アンジェロがお前を殺す気になったら、自分が手を下すものか、殺し屋を使うよ。金はごまんとある。殺し屋が町にあふれているお国柄なんだぞ」

「しかし、いやなものだな、疑われているというのは……」

佐々木は事件の報道に花ホテルの名前が出ることを心配していたが、こっちの新聞はのんびりしているのか、人権を尊重するのか、容疑者については、なにも書いていない。

一つには、モナコという特殊なお国柄のせいもあるらしかった。

カジノの収入が国の大きな財源になっている手前、カジノで殺人があったなどというニュースは、あまり喜ばしいことではなかった。

新聞もその辺は心得ている。出来ればマフィアの内輪もめで片付けてしまいたいのが本音かも知れなかった。

浜口にいわせると、アンジェロという男の素性には多少いかがわしいところがあるから、カジノ側が期待するように、マフィアのトラブルによる殺人ということもないではないだろうが、そうでなくて、なんらかの動機を持つ殺人事件だとすると、それを解く鍵《かぎ》は、アンジェロが杏子に話そうとしていた内容かも知れないと佐々木は考えた。で、浜口からアンジェロの秘書や家族に、それとなく、彼がカジノへ来た目的について訊ねてもらったが、結局、なにも得るところはなかった。

秘書や家族は、アンジェロがモナコへ来ていることすら知らなかった。

彼のオフィスでのスケジュールには、仕事でパリへ出かけたことになっている。

実際、彼の殺された翌日は、パリのホテル・リッツに宿泊のリザーベイションがとってあったし、何人かと会食や面会の約束がとりつけてもあった。

ということは、アンジェロはモナコで杏子と会ったあと、翌朝、パリへむかう予定であった。いってみれば、仕事と仕事の間の一日をやりくりしてモナコへやって来たということになる。

自分にふりかかった火の粉のために、佐々木は、花ホテルの内の客たちについて、つい、神経がおろそかになっていた。

二つ目の殺人は花ホテルで起った。

アンジェロの事件があった翌日の夕方、モーターボートで海へ出ていたアシュレイがホテルへ戻って来て、オーソン夫人の姿がみえないといい出した。

フロントでは、彼女が外出したのをみていないし、車を呼んでもいない。

花ホテルはエズの町はずれの断崖《だんがい》絶壁の上に建っていた。

モナコやニース、カンヌなどへ出かけるとしたら、まずタクシーを呼ぶか、ホテルの車で送ってもらうしかない。

散歩に出たとしても、夕食の時間になって戻って来ないのは、オーソン夫人らしくなかった。

アシュレイが夕食を八時にとることは、彼女のスケジュールの中に入っている。

オーソン夫人は几帳面《きちょうめん》で、万事に正確な人柄であることはアシュレイは勿論、ここ暫くの滞在中に花ホテルの従業員もいやという程、思い知らされていた。

メイドは彼女の指定した時間きっかりに、部屋の掃除をしないとチップをもらいそびれたし、ルームサービスは三時きっかりにアップルティとオープンサンドを彼女の部屋まで届けるように命ぜられていた。

アシュレイの身の廻りのことについても、どのくらい、こまごまとした注文が彼女から出されたか数え切れないほどであった。

他人にそれだけの要求をするオーソン夫人が、故《ゆえ》なくして、夕食時間に遅刻するというのは可笑しい。

「彼女は、好奇心の強いところがあるから、ローマ時代の遺跡でも見に出かけて、海へ落ちたんじゃないか」

アシュレイがいい出して、佐々木と浜口は海辺を探すことにした。

このあたりには、ローマ時代の遺跡がかなり残っていて、花ホテルが建っている断崖の下のあたりもそうであった。

もっとも、そこは上からのぞいても、なにもみえなかった。遺跡を見物しようとするなら、海から泳いで崖下《がけした》の岩場へ上ってみるか、モーターボートなどで船の上から眺めるかであった。

佐々木が先に、浜口が一足遅れてホテルの庭の先端にある石段を下り、岩場の手前にあるモーターボートの船着場へ行った。

あたりは、もう夜で、外燈の灯が小径《こみち》と海を照らしていた。

モーターボートはつながれたまま、波に揺れていた。

夕方、アシュレイがそれに乗って海へ出た時は、マークがついて行った。アシュレイはモーターボートの操縦免許を持っていない。

佐々木がモーターボートの電気のスイッチを入れた。続いて乗り込んだ浜口が声をあげた。

オーソン夫人はモーターボートの中に、ころがっていた。彼女の首には彼女のものらしいスカーフが、彼女を締め殺す強さで巻きついていた。

六

アシュレイとマークが、モーターボートから上ったのは、午後六時であった。

「無論、その時、モーターボートに死体なんか、ありゃしません」

マークは顔面蒼白《そうはく》になって釈明した。

ボートからはアシュレイが一足先に下り、マークはボートを繋留《けいりゅう》してから、まっすぐホテルへ戻った。

アシュレイは自室へ帰って入浴をし、七時にオーソン夫人の部屋へ電話を入れたが、応答がなかった。それで、フロントへ連絡して来たものである。

佐々木と浜口がボートの中で、オーソン夫人の死体を発見したのが八時すぎだから、もしも、彼女がその場所で殺害されたとすると、殺人が行われたのは六時から八時の間ということになる。

マークが上陸してから、ボートに近づいた花ホテルの従業員は佐々木と浜口の他には、誰もいなかった。

もっとも、殺人現場がボート上なら、少なくとも、六時から八時の間に被害者と加害者はボートに近づいたことになる。

その中《うち》に、室内プールの海側のサンルームの椅子に、オーソン夫人のバッグがおいてあるのを、従業員の一人がみつけて来た。

バッグの中には、オーソン夫人がいつも持って歩く手帖《てちょう》やメモ帖、スケジュール表などが入っていた。財布やパスポートのような貴重品は彼女の部屋においてあるハンドバッグの中に入っていたので、サンルームのバッグから紛失しているものは、なにもなさそうであった。

「ひょっとすると、オーソン夫人はアシュレイがボート遊びに出かけたあと、室内プールのほうのサンルームで海を眺めながら日光浴をしていたのではないかね」

浜口がいい出した。

花ホテルの室内プールは、庭の、もっとも岬《みさき》に突き出た部分に作られていて、上が屋外プール、その下へ階段を下りて行くと、崖にはみ出したような恰好《かっこう》で室内プールの建物と海へむいたサンルームがある。

サンルームは冬の間だけガラス戸を閉めて使い、夏は戸を開けてサンデッキになった。

岬の先端だから、地中海はまことによく見渡せる。

右手には遠くニースの入江がのぞめたし、左手の海岸線のむこうにはモナコの突き出した陸地がみえる。

アシュレイが、モーターボートで気分転換に出かけたあと、オーソン夫人がこのサンルームでしばらく景色をたのしみながら、くつろいでいたとしても不思議ではなかった。

それにしても、もし、オーソン夫人が夕方までこのサンルームにいたとしたら、モーターボートでアシュレイが帰って来たとき、どうして出迎えに下りて来なかったのか。サンルームは特殊ガラスを使っているので船着場のほうから見上げても、サンルームの内部はみえないが、サンルームの中からは海も船着場も、よく見える。

それに、モーターボートの音は、オーソン夫人にアシュレイの帰りを知らせないわけがなかった。

もしも、なにかの事情でオーソン夫人がアシュレイを出迎えられなかったとしても、そのあと、なんのために、オーソン夫人はモーターボートへ行ったのだろうか。

「殺されたのは、サンルームかも知れないな。殺しておいてボートへ運ぶということもある」

エズの町の警官は、そういったが、サンルームを調べた限りでは、そこが殺人現場になったという手がかりはなにもなかった。

てんやわんやの中で夜が更けた花ホテルにパリからの最終便で、二人の客が到着した。

一人は、アシュレイのマネージャーのシモンで、これはオーソン夫人の死とは無関係に前からの予定通りやって来たものだったが、着いたとたんにオーソン夫人の事件をきいて茫然《ぼうぜん》自失の体であった。

もう一人は、

「ジョセファ・パキエです。杏子さんに会わせて下さい」

フロントが知らせに来てロビイにいた杏子は慌てて出迎えた。

パキエ夫人は、黒いコートに身を包み、中型のスーツケースを下げて立っていた。

今年、六十二歳の筈だが、夜更けの到着の疲労もあって、ひどく老婆じみてみえた。化粧っ気のない顔には艶《つや》がなく、足許《あしもと》もよろよろしている。

「杏子……」

肩を両手で抱きしめるようにして、すぐにいった。

「ジベールが来ているでしょう。かくさなくていいのです。あの子から電話がありました。杏子のマネージャーが、カジノの殺人事件に巻き込まれたときいて、心配して来たのですよ」

挨拶に来た佐々木をみて、大きな嘆息をついた。

「あなた、警察に連れて行かれなかったのですね」

「三樹さんは犯人じゃありませんもの。モナコの警察だって、それくらいはわかると思います」

とりあえず、ジベールの部屋へ知らせた。ジベールはすぐに下りて来た。

「ママ、来てくれたの」

母親を抱くようにして、自分の部屋へ案内した。

パキエ夫人がいったのは嘘ではなかったらしい。

杏子がビルギットを呼んで、ジベールの部屋へお茶を運ぶようにいいつけていると、エズの警官と話をしていたシモンが、そっと近づいて来た。

「只今の御婦人はどなたですかな」

同じ飛行機でパリからニースへ来、タクシー乗り場でも一緒だったという。

パキエ宝飾店の先々代の未亡人だと杏子は教えた。

「花ホテルの御常連ですか」

「私にとっては姑《はは》に当りますの。私、ジベールの兄と結婚して居りました。夫は、もう何年も前に歿りましたけれど……」

「成程……」

シモンが合点した時、アシュレイが来た。

頭痛がひどいので医者を呼んでもらえないかという。

彼も、オーソン夫人の死で神経がずたずたになっている様子であった。

翌日、佐々木がエズの警察から戻って来たのは正午に近かった。

流石に髭《ひげ》がのびて、げっそりしている。

浜口はフロントで、がんばっていた。

「杏子さんは部屋で休ませているよ」

「すまなかった」

この誠実な友人のおかげで、どのくらい力強いかわからない佐々木であった。

下手をすると、カジノの事件で、今日にもモナコの警察が事情聴取という名目で佐々木をひっぱりに来ないとは限らない。

身におぼえのないことだから、驚きはしないつもりだが、嫌疑を晴らす方法がない以上、勾留《こうりゅう》が長びくおそれもあった。

花ホテルで殺人事件が起きたことも、佐々木の立場を悪くするかも知れなかった。

佐々木がなによりも心配なのは、自分が勾留された場合の花ホテルと杏子のことであった。

せめて、浜口がこうして花ホテルにとどまってくれているのが救いである。

もっとも、今の花ホテルには、パキエ夫人とジベールがいたが、佐々木の気持としては、杏子にかつての夫の母や弟を頼りにしてもらいたくない。

「アシュレイは、シモンが他へ移したよ」

浜口が報告した。

「ここにいては、彼の神経がたまらんだろうし、パリへ戻れば、マスコミが押しかける可能性がある。おそらく、暫く外国の別荘にでも、避難させるんじゃないか」

花ホテルの事件は、まだ公表されていなかった。シモンにしてみれば、ぎりぎりまで記事になるのを伏せる腹らしいが、エズの小さな町の出来事だから少々の間はそれも可能として、いずれはマスコミの知るところとなる。

パリのファッション界の帝王、アシュレイの秘書が殺されたというのは、かなりのニュースであった。

不謹慎ないい方だが、事件が表沙汰になれば、マスコミは大喜びで取材に群がってくる。

アシュレイのほうも大変だろうが、花ホテルもそういうことになりそうであった。

午後になって、ニースから警官が来た。エズの警官が同行している。おそらくエズのような小さな町の警察では手に負えなくなって、ニースから応援が来たのかも知れなかった。

普段は事件らしい事件のない、静かな南欧の町なのである。

一応、現場を案内したあとで、別室で、昨夜から何度となく繰り返されたのと同じ質問に、いささか辟易《へきえき》しながら返事をした。

やっと警官が帰って、佐々木が自室で食欲のない食事をしていると、大久保彦市から電話があった。ジュッセルドルフからである。

「実は、先だって紹介した児玉さんのほうからの情報なんだがね、花ホテルが売りに出されているというのは本当かね」

佐々木は絶句した。

「決して、いい加減な筋からの情報じゃないそうだが……」

「なにかの間違いではありませんか」

寝耳に水とは、このことである。

「花ホテルは経営難かね」

「とんでもないです」

シーズンオフは別として、ささやかながら黒字を出している。一年間の収支もここ一年はそれ相応の成績をあげていた。

「借金の担保に入れたということは……」

「まさか、と思いますが……」

杏子が、なにかの理由で花ホテルを担保にして金を借りるとするなら、必ず、佐々木に相談する筈であった。

「しかしね、わたしがきいたところによると、すでに花ホテルは人手に渡っているというのだよ」

君はアンジェロという人物を知っているかという大久保の言葉に、ぼんやりしていた佐々木の思考に火がついた。

「花ホテルがアンジェロの手に渡っているというのですか」

「それも、いささか剣呑《けんのん》な金融関係者からだそうだが……」

佐々木はとりあえず礼をいって、慌しく電話を切った。

それから電話をしたのは、日頃、昵懇《じっこん》にしているパリ在勤の日本の銀行の支店長のところであった。

「突然で申しわけありませんが、パリのパキエ宝飾店について、なにか、お耳に入っていませんか」

受話器をおいた時、佐々木の顔は土気色になっていた。

心臓が音をたてて鳴っている。

杏子の部屋へ行ったが、居なかった。キッチンにもロビイにも姿がみえない。

佐々木はフロントの浜口のところへ行った。

「マダムを知らないか」

「さっき、アシュレイのところのマネージャーが、なにか話しながら庭へ出て行ったよ」

「シモンが……」

ロビイから庭を眺めたが、人影はなかった。

先だっての雪が嘘のように、ここ二、三日、あたたかな日が続いている。

ミモザ祭も近かった。ニースのカーニバルも間もなくである。

コートダジュールは、花祭の季節を迎えていた。

庭へ歩き出そうとして、佐々木は花壇の手入れをしているビルギットに声をかけた。

「ジベールさんは、お部屋かな」

昔の主人であるパキエ夫人やジベールに対して、ビルギットは若いメイドまかせにしないで、部屋の掃除や洗濯物、身の廻りのこまごました用事を自分で片づけている。

「ジベール様はプールのほうへいらしたよ」

陽に焼けた顔を佐々木にむけた。

「大奥様も、あとからお出《い》でだったけども」

「いつだ」

「つい、今しがた……」

佐々木は走り出した。

庭を横切ってプールの近くまで来た時、銃声が聞えた。

室内プールのほうである。

階段をどうやって下りたのか、佐々木は憶《おぼ》えていなかった。

いきなり眼に入ったのは、サンルームの床にころがっているシモンと、その横に立っているジベールであった。

ジベールの手のピストルが、おもむろに佐々木へむけられた時、杏子がその腕にしがみついた。

殆んど同時にパキエ夫人が両手をひろげて正面から息子に抱きついた。

「やめておくれ。ジベール、神様はお許しにならない」

佐々木も亦《また》、夢中でジベールにとびついていた。

ジベールは案外、素直に佐々木にピストルを渡した。

七

パキエ夫人は、最後までとり乱さなかった。

むしろ、茫然としている杏子や佐々木を叱りつけて、警察へ連絡をさせ、自分は魂が抜けたようなジベールを伴って警察へ連行された。

警察の取調べにも、主に答えたのはパキエ夫人であった。

「ジベールは、悪い恋人にひっかかったんだそうだ」

杏子と浜口を前にして、佐々木が話し出したのは、三つ目の事件から二日がすぎた、杏子の居間であった。

あれ以来、モナコ、エズ、ニースと、三つの警察へかわるがわる出頭させられて、席のあたたまる暇がなかった佐々木であった。

花ホテルへ押しかけた報道陣に対応したのは、もっぱら杏子と浜口であった。

そのさわぎも今日になって、やっと落付いた。

花ホテルの中は、ひっそりしていた。

開店休業の状態である。

予約客は事件をきいてキャンセルして来たし、知らずにやって来た客は、杏子があらかじめ頼んでおいた近くのホテルへ移ってもらった。

なんにしても、もはや、花ホテルは杏子の所有ではなくなっている。

ジベールの恋人は、女性ではなかった。彼には、むかしからその性癖がある。

「その男というのが、まあ、いろいろなパトロンを持っていて、その一人に問題の金融業者がいたんだそうだ」

パキエ宝飾店の経営は、再び危機を迎えていた。

金相場が急変したり、インフレと不景気がひどくなって客は減った。

ジベールにも商才はなかったし、彼自身の生活も派手であった。名家に育って、世間へ対する見栄も強い。

結果は、商売に無理をすることになり、あっという間に借金が増えた。

そのあたりでジベールは恋人の紹介で、危険な金融業者から金を借り、急場をしのぐ方法をおぼえた。

あとはもう、雪だるまのように金利が増えて行くだけである。

パキエ商会は店も、ジベールの私宅も担保になっていた。ジベールは遂にパキエ夫人がオーナーになっている花ホテルを担保にせざるを得なくなった。不運なことに、杏子はパキエ夫人に花ホテルの登記書など一切をあずけてあった。

フランスでホテルを経営するには、パキエ夫人の名義にしておいたほうが、なにかと厄介がなかったからである。

杏子にしてみれば、あくまでも名義を借りただけのつもりだが、こうなってみると法律的には、全く弱い立場におかれてしまった。

「アンジェロは、金融業者から花ホテルを買う約束をとりつけて、そのことをマダムに話すつもりだったと思う」

アンジェロの腹の中は今となってはわからないが、もともと、杏子に未練たっぷりだった男である。多分、自分が花ホテルのオーナーになって、杏子とよりを戻したい計算があったに違いない。

同じ頃に、金融業者に責め立てられて、にっちもさっちもいかなくなったジベールはパリから逃亡し、花ホテルに身をひそめた。

「ジベールはマダムに花ホテルのことを打ちあけるつもりだったのかも知れないが、口に出せない中に、アンジェロがマダムに接近して来ているのに気がついた」

佐々木は、アンジェロから杏子に電話が入った時のことを思い出していた。

あの折、ジベールはフロントの前のバアでウイスキーソーダーを注文していた。

「アンジェロ様から、お電話でございます」

というマークの声は当然、耳に入ったであろうし、そのあとの佐々木と杏子のやりとりも注意して聞こうと思えば、聞くことが出来た。

九時にモナコのカジノの庭で杏子と会う約束をしたアンジェロのところに、佐々木が杏子のかわりに出かけて行くのも、ジベールは承知していた。

「しかし、あの晩は雪だった」

浜口が考えながら、いった。

「雪の上に残った車のタイヤの痕から考えても、あの夜、自分の他《ほか》に花ホテルを出かけた人間はない筈だといったのは、お前なんだぞ」

佐々木の顔をみて、あっと気がついたらしい声をあげた。

「わかったのか」

「海から行ったのか」

モーターボートであった。

花ホテルに滞在している間に、ジベールはモーターボートで気晴しをしたことがあった。

ボートの鍵がどこにおいてあるかも知っていたに違いない。

それはロビイの裏の、ホテルの備品を入れておくロッカーの内側にかけてあった。

ロッカー自体には鍵をかけておかない。

シーズンオフということもあって、マークにしても、どこかのんびりしていた。

ジベールは、あらかじめボートの鍵を手に入れて、人目に触れないようにホテルを出て、船着場からモナコへボートを走らせた。

「本当をいうと、庭にはジベールの足跡がついていた筈なんだな」

出かける時は、まだたいした降りではなかったが、ジベールが戻って来た頃には、足跡が残るぐらいには積っていた。が、彼にとってラッキーだったのは、雪はそのまま、降り続けて、ジベールの足跡も消してしまった。

「オーソン夫人は、なにかを見たんだな」

浜口が先を読んだ。

「これは、俺の考えなんだが、オーソン夫人の部屋のベランダからは、船着場が僅《わず》かだがみえるんだ」

おそらく、オーソン夫人は夜、雪を眺めていたかして、船着場からモーターボートが出て行くのをみたのかも知れない、と佐々木はいった。

「アシュレイがいっていたじゃないか。オーソン夫人はみかけによらず、好奇心の強いところがあると……」

それは、浜口も聞いていた。

前夜、灯を消して出て行ったモーターボートのことはオーソン夫人の好奇心をかなり刺激したに違いない。

が、翌日、オーソン夫人は秘書としての仕事に忙殺されて、そのことを思い出している暇がなかった。

やっと仕事から解放されたのは、アシュレイがモーターボートで出かけたあとである。

サンルームで日光浴をしながら、オーソン夫人は昨夜のモーターボートと、モナコの殺人事件を結ぶことを思いついた。

「それで、ボートが戻ってくるのを待って、アシュレイやマークが立ち去ってから、ボートをみに行った。なにか、証拠のようなものがないか、といっぱしの女探偵気どりだったのかも知れない」

ジベールのほうも、モーターボートに神経を使っていた。

アンジェロを射殺したピストルは帰りのボートから海へ捨てたが、なにかボートの中に遺留品があるのではないかと落付かなかった。

といって、昼間、ボートへ近づくのは、昨夜の翌日で、なにか危っかしい気がしたとジベールは告白している。

夕方になり、たまりかねてボートへ行ってみると、オーソン夫人が明らかにボートの中を探索している。

「視線が合った時、ジベールはもう、いけないと思ったんだそうだ」

「パキエ夫人は、息子が殺人を犯したことを知ってやって来たんだろうか」

「不安に耐えかねたジベールが電話をしたんだ。告白したわけではないそうだが、母親の直感でなにかがあったと悟ったそうだ」

パキエ夫人はジベールが失踪《しっそう》してから、パキエ宝飾店の内情と、花ホテルまでが人手に渡っているのを知った。

パキエ夫人はピストルを持って、花ホテルへやって来た。

「場合によっては、息子と一緒に死ぬつもりだったそうだ」

そのピストルが第三の殺人を犯した。

「シモンは、パキエ宝飾店が倒産寸前だという情報を耳にしていたんだ。ジベールが評判の悪い金融業者にひっかかっていることも……」

モナコでアンジェロが殺され、次にオーソン夫人が被害者になり、ジベールが花ホテルに滞在しているのを知ったシモンは、当然、ジベールに疑惑をむけた。

それで、そのことについて杏子に問いただそうとして、見張っていたジベールに殺された。

杏子が、そっと顔を上げた。

「大久保さんから、お電話があったのよ」

佐々木が外出している留守にであった。

「ジュッセルドルフのホテルのお話、聞きました。よかったと思っているの。退職金というほどのものでもないけれど、あたし、出来るだけのことはしますので……」

二年間、花ホテルのために、ありがとうございました、といいかけた語尾が涙声になった。

「マダムは、どうなさるんですか」

「考えていません。とにかく、働いて下すった方々の行く先が落付いたら……」

一人になって、働いて生きて行くつもりだと杏子はいった。

花ホテルには、間もなく、新しい主人が乗り込んでくる。

話にきいたところでは、新しいオーナーは、この小さなホテルをぶちこわして、アメリカ風のリゾートホテルを新築する予定らしい。

ロシヤの貴族が作ったロマンティックなエズの別荘は、花ホテルとなって、静かな二年を過し、間もなく跡形もなく消える宿命にあった。

「ペンションみたいなのでは、いやですか」

ぽつんと佐々木がいった。

「日本でも、外国でもいいです、金は僕がなんとかします。小さな、それこそ十部屋もあれば上等のペンションで、マダムが辛抱して下さるなら……」

杏子が茫然と顔を上げ、浜口は佐々木に片目をつぶってみせて、部屋を出て行った。

「使用人もおけないかも知れない。そんなささやかなペンションで、僕と一緒に苦労して下さる気持はありませんか」

もし、それが出来たら、

「いつか、きっと、もう一ぺん杏子さんの好きなような花ホテルを作りたいと思っています」

杏子の顔が微笑で一杯になった。笑った顔を涙がこぼれ落ちている。

今がチャンスだと思い、佐々木は勇気を出して、今日からの恋人を力一杯、抱きよせた。

文春文庫

花《はな》ホテル

定価はカバーに表示してあります

2021年8月10日　第1刷

著　者　平《ひら》岩《いわ》弓《ゆみ》枝《え》
発行者　花田朋子
発行所　株式会社 文藝春秋

東京都千代田区紀尾井町 3-23　〒102-8008
TEL 03・3265・1211㈹
文藝春秋ホームページ　http://www.bunshun.co.jp

落丁、乱丁本は、お手数ですが小社製作部宛お送り下さい。送料小社負担でお取替致します。

印刷製本・凸版印刷

Printed in Japan
ISBN978-4-16-791739-5